LAVILLE

DE LA MÊME AUTEURE

L'été aux puits sec, roman, Moncton, Éditions d'Acadie, 1983 ;
Moncton, Éditions Perce-Neige, version revue et corrigée, 2007

Loin de France, roman, Moncton, Éditions d'Acadie, 1997.

GERMAINE COMEAU

LAVILLE

roman

PERCE-NEIGE

Dépôt légal / Quatrième trimestre 2008, BNQ et BNC

Œuvre en page couverture : COMEAU, Denise, *Astheure*, monotype, 2008.
Photo de l'auteure : Marc D'ENTREMONT.
Conception graphique : Paul J. BOURQUE.

CATALOGAGE AVANT PUBLICATION DE BIBLIOTHÈQUE ET ARCHIVES CANADA

Comeau, Germaine, 1946 –
Laville / Germaine Comeau.

ISBN 978-2-922992-46-5

I. Titre.

PS8555.O5155L38 2008 C843'.54 C2008-906529-8

DISTRIBUTION EN LIBRAIRIE

AU QUÉBEC
Diffusion Prologue
1650, boulevard Lionel-Bertrand
Boisbriand (Qc) J7E 4H4
Tél. : (450) 434-0306/1-800-363-2864
Téléc. : (450) 434-2627/1-800-361-8088

EN EUROPE
Diffusion du Nouveau Monde (DNM)
30, rue Gay-Lussac
75005 Paris (France)
Tél. : (01) 43 54 49 02
Téléc. : (01) 43 54 39 15

AILLEURS AU CANADA ET DANS LE MONDE
Les Éditions Perce-Neige
22-140, rue Botsford
Moncton (N.-B.)
E1C 4X4 Canada
perceneige.recf.ca
perceneige@nb.aibn.com
Tél. : (506) 383-4446
Téléc. : (506) 857-2064

LE CONSEIL DES ARTS DU CANADA DEPUIS 1957 | THE CANADA COUNCIL FOR THE ARTS SINCE 1957

La production des Éditions Perce-Neige est rendue possible grâce à la contribution financière du Conseil des Arts du Canada et de la Direction du développement des arts du Nouveau-Brunswick.

Ce livre est conforme à la nouvelle orthographe.
www.orthographe-recommandee.info

à c't'heure ou *asture* ou *astheure* ou *asteure*

Depuis le 16e siècle, le français utilise l'expression *à c't'heure* pour signifier « actuellement » ou « maintenant ». Cet adverbe [...] a disparu du français standard, et les quelques dictionnaires qui le citent le qualifient de rural ou de vieilli. Il est en fait bien vivant dans la province française, en Belgique et en Amérique du Nord, au Québec, en Acadie et en Louisiane, où je l'entends tous les jours. Ces locutions témoignent de la richesse de la langue française, laquelle ne se réduit pas *à c't'heure* à ce qu'on entend dans la région parisienne.

Transcrit de la rubrique *Merci professeur! Les mots du professeur* à TV5.

ASTHEURE I

La scène bouge tout le temps. Elle a un fond de marée. Depuis toujours, je vois l'autre bord quand je regarde les couleurs de la mer. L'autre bord de la Baie, c'est juste trois iles étroites : l'ile Longue, l'ile des Frères et Gull Rock. Gull Rock est seulement visible à de rares occasions, quand la mer s'aplatit, plate comme un miroir dissimulé en mirage, juste avant une tempête. L'autre bord de la Baie est une toile de fond. Comme si c'était sa raison d'être. Comme s'il était le miroir de notre bord. À l'ouest de Gull Rock, il n'y a plus rien sur l'horizon.

Il y a seulement la mer qui fait le tour du monde.

Je m'assois quelques instants pour écrire la liste des emplettes à faire à l'épicerie. Je choisis toujours le stylo de ma collection dont la bille laisse couler le plus librement son encre noire sur le papier. Celui qui se tient le mieux entre mes doigts. Il est d'un plastique violet transparent. Les lettres blanches collées sur le violet se lisent bien : *Hebert's Specialty Meats, Maurice,* LA. C'est Brenda qui l'a ramassé sur le comptoir en avril dernier, lorsque nous sommes allées au magasin acheter des hamburgers de bœuf pour le barbecue. De ce midi-là à son chalet sur les rives du golfe du Mexique, je me rappelle la chaleur des épices fondues dans la viande, que je noyais dans une bière *lite*.

Hier, il a plu à boire debout ici, à la Baie. Une pluie qui avait comme mission d'abreuver l'herbe jaunie de l'été, pour lui donner sa teinte de vert automnal qui adoucirait la transition des saisons. Le drapeau, trempé jusqu'aux fils, est collé aux fesses de son mât. On ne voit plus son bout rouge et effiloché. Je sors et je le libère pour qu'il sèche au soleil qui s'annonce sous les nuages gris qui ont déjà commencé à se disperser.

Astheure, j'utilise le stylo presque uniquement pour dresser de courtes listes pour mon magasinage ou pour griffonner à côté du téléphone de brèves informations qui aboutiront éventuellement dans le feu de mon poêle à bois. En terminant ma liste, je renifle la senteur de mon compost de cuisine. Je décide de le vider tout de suite, pour permettre à l'odeur de s'évader par les fenêtres ouvertes de ma maison avant le repas de ce midi.

La rosée s'infiltre dans les trous de mes *clogs* jaunes et me mouille les orteils lorsque je marche vers le gros bac en plastique bleu que j'ai installé pour produire mon compost. La marée est perdante dans la rivière à côté. Elle a laissé sur le foin du pré des étendues de goémon mélangé d'herbe à outardes. J'en ramasserai, plus tard cet automne, pour nourrir mes nouvelles platebandes installées à côté de l'escalier de l'entrée.

Quand j'ouvre le couvercle du bac à compost, une nuée de mouches minuscules me sautent au visage. J'y vide mes ordures et je m'empresse de remettre le couvercle tout en emprisonnant quelques mouches.

À côté de mon compost, il reste un des derniers vestiges d'une autre vie, la « petite maison », de ma grand-tante. On l'appelait aussi le « privié », m'avait dit un jour mon oncle. La peinture de la porte blanche décolle en lambeaux. La porte reste fermée. Les senteurs ont depuis longtemps séché, emportées au loin dans la mémoire des gens du village. Le souvenir précis de l'air froid et fétide remontant sur mes fesses nues d'enfant lorsque j'utilisais cette toilette extérieure reste caché derrière la porte.

Avant de rentrer à la maison, je décide de vider l'eau de pluie qui s'est accumulée dans la cale du bateau de mon cousin, amarré au quai en face de chez moi. Je lui ai dit que je le viderais parce que j'habite tout près de son bateau, et lui, il habite au bois. Comme moi, Michel est né à la côte, mais il a choisi d'habiter au bois, à l'abri des vents d'hiver. Aujourd'hui, son bateau lui permet de revivre ses escapades d'enfance vécues avec ses cousins sur la rivière dans des *punts* qu'ils se construisaient avec un peu d'aide de leurs parents.

Au fond de la coque, il y a un bouchon semblable à celui d'anciens thermos. Je déclenche la tige du bouchon et je l'enlève, mais l'eau ne coule pas. Il faut donner le temps à la pression de l'eau de se creuser un trou dans le sable dur sur lequel repose le poids du bateau. Je prends alors le contenant en plastique blanc coupé qui me sert de vidoir et je racle la cale pour écoper l'eau, qui coulera à la rivière avant d'aller se perdre dans la mer.

Ce simple exercice me plonge immanquablement dans ce que j'ai fini par appeler une de mes autres vies. Une vie qui est restée accrochée à l'âme d'un décor d'anciennes cartes postales, animée par le souvenir de saisons qui duraient beaucoup plus longtemps qu'astheure. Surtout la saison de l'été, dont les images sont davantage saturées de couleurs et en même temps plus transparentes.

À la marée montante, quand l'eau brunâtre de la rivière cédait sa place à l'eau salée, claire, froide et pressée, c'était le moment de sortir nos lignes à pêcher et de nous rencontrer sur le bord du quai avec quelques coques grattées dans le pré. Nous étions au moins une dizaine, presque tous cousins et cousines. Nous cassions la coquille des coques avec une roche plus grosse que notre main et nous enfilions la chair des coques sur les hameçons. La cale de la ligne était une roche plate suffisamment lourde pour plonger jusqu'au fond.

La transparence de l'eau me revient en mémoire. La limpidité qui me permettait de voir toutes les roches du fond, le goémon vert qui ondulait en parfait accord avec le courant de l'eau, les plaises dont le déplacement paresseux trahissait leur dissimulation parmi les roches. Je pouvais placer l'hameçon devant la tête du poisson de mon choix. Je pouvais choisir les plus grosses plaises. Ma mémoire me replonge dans le plaisir de sentir s'accrocher la gueule d'une plaise, l'excitation d'apercevoir pour la première fois son ventre blanc en la hissant vers la surface, la difficulté de détacher l'hameçon de son corps frétillant. Il fallait parfois mettre son pied sur le poisson glissant pour l'immobiliser. Un jour, l'hameçon de ma ligne s'est accroché à mon doigt et j'ai dû me rendre chez le docteur LeBlanc pour le faire enlever. Il a gelé mon doigt pour le faire. Le sang me faisait peur.

Astheure, il n'y a plus de poisson au quai, et l'eau de la mer froide qui entame sa course dans la rivière jusqu'aux chutes de Saint-Bénoni est plus embrouillée. Il n'y a plus de cousins et de cousines qui se havrent au quai pour pêcher. Je pense même parfois qu'il n'y a simplement plus de cousins et de cousines.

Je rentre à la maison pour reprendre mon stylo violet et m'installer devant ma page blanche pour faire une liste de quelques mots qui guideront mon écriture. Les idées et les souvenirs bouillonnent dans ma tête. Devant le choix des pistes à suivre, le vacarme des voitures qui secouent les plaques en métal de la surface du pont temporaire qui enjambe la rivière m'agace. La plupart du temps, je l'ignore. Il m'arrive même de penser que le bruit me rassure, comme on peut se sentir rassuré en faisant partie de la foule qui déambule sur la rue Sainte-Catherine à Montréal, comme on peut se sentir plus en sécurité sur le bord de la côte que dans une maison sans voisins dans le bois. Mais, en ce moment précis d'astheure, le vacarme du va-et-vient m'agace plus que jamais. Pendant quelques secondes, je me laisse distraire par l'idée d'écrire les paroles d'une chanson qui aurait pour titre *Les blues du pont de La Butte.*

Je saisis le stylo violet dans ma bouche pour libérer mes mains afin d'ajuster ma page blanche sur la surface de ma tablette posée sur mes genoux. Mon intention est de noter quelques jalons en guise de plan. Non… les frontières des âges s'embrouillent dans ma tête ! Je ne fais plus partie de cette vie-là. Le passage du temps a déjà relégué le rôle du stylo aux listes d'épicerie et à la correction de mon texte lorsque je le coulerai sur papier dans quelques semaines. Je dépose alors mon stylo violet à côté du téléphone.

Mon *laptop* blanc est juste à côté. Même avant que je l'ouvre, son plastique blanc est chaud. La petite lumière blanche, nichée à gauche du crochet qui le tient fermé, scintille paresseusement pendant toute la journée. Il est en mode veille comme mes chats, qui dorment à mes côtés sur le divan en attendant que ce soit le temps de manger. Parfois, en plein milieu de la nuit, j'aperçois sa petite lumière qui scintille au même rythme que mon cœur et ma respiration. Elle éclaire ma chambre à coucher juste assez pour ne pas déranger, juste assez pour me faire croire que je ne suis pas vraiment seule dans les ténèbres de la nuit.

J'ouvre mon *laptop*, qui s'éveille en émettant quelques craquements très légers qui n'ont pas de mots précis pour les décrire. Le fichier vide de Word est moins blanc que les pages des textes rédigés dans mes autres vies, mais il est illuminé par des millions de pixels de lumière, et cela me rassure. J'ai l'illusion que cela donne à mes idées plus de transparence et de fluidité.

Malvina

Le téléphone sonne. Malvina est une consolatrice des affligés. Elle attire les affligés, qui viennent brailler sur son épaule même si elle aurait toutes les raisons du monde d'inverser ces rôles. Ses épaules sont physiquement larges. Elles sont amples et pesantes. C'est son rire qui attire les autres, un rire qu'elle partage avec deux de ses sœurs. Il éclate du fond de leurs poumons, mêlé d'une voix forte et un peu rauque qui pourrait chanter avec un timbre de mélancolie, toujours avec un soupçon de moquerie. Sans connaitre tout ce qui se cache derrière son rire, je crois qu'elle a dû apprendre à se moquer de la vie. Il m'arrive même de penser que cela a dû être pour elle son moyen de survie.

— J'vais su Tim chercher un café. T'as le temps que je passe chez vous ?

— Oui, bien sûr, viens. J'peux te faire un café chez moi... t'as pas besoin d'aller chez Tim.

— Non, *bother* point. Il faut que j'aille à Meteghan *anyway.*

— J't'attends !

Malvina a une sagesse innée, peut-être héritée de l'une de ses lointaines arrière-grands-mères qui ont élevé une grande famille autour d'une grande table. Sa sagesse est celle des générations de femmes qui ont mis au monde notre famille élargie qui vit aujourd'hui à la Baie.

Les photos de ces femmes sont rares, mais j'en ai vu quelques-unes. Des photos en noir et blanc, des photos brunies et jaunies. Des *tintypes.* J'ai vu les vieilles photos officielles de la famille, des noces. Des instants volés à la routine, figés sur papier. Des corps habillés dans des habits lourds foncés, empesés mais tout de même décorés de façon plus *fancy* que les habits d'astheure. J'ai vu des photos officielles de femmes aimées par les hommes qui se tiennent debout tout droits à côté d'elles, la main posée sur leur épaule.

J'ai vu aussi quelques autres photos, celles de femmes captées longtemps après la journée de noce. Des photos cimentées dans la routine, des femmes sans âge et des femmes âgées, debout à côté du puits ou de la corde de bois. Des femmes arrêtées pour un instant entre la cuisine et le jardin, entre le poulailler et la grange, entre le poêle et la table. J'ai voulu fixer mes yeux tout droit dans les yeux de ces femmes qui me regardaient en ne pensant qu'aux prochaines bouches à nourrir et en espérant le soleil qui sècherait les hardes sur la ligne. J'ai deviné la forme de leur corps sous les grandes robes et les tabliers et j'ai imaginé la couleur de leurs cheveux sous le mouchoir noir. J'ai senti la douleur de leurs doigts déformés par le travail de leurs mains, le plus précieux de leurs outils, des mains qui savaient planter, laver, consoler, pétrir et cueillir.

À certains moments, je me suis rendue au-delà du temps de la photographie, j'ai osé interroger les confins du restant de mémoire des années qui ont suivi le Grand Dérangement. Des années perdues dans le siècle sans images et sans histoire, le siècle des femmes qui avaient perdu le sourire de Grand-Pré. J'ai imaginé ma grand-grand-grand-grand-mère née sur un quai de Boston d'une mère déchargée de la cale d'un navire comme un sac de farine embeurvé d'eau. J'ai dû imaginer les errances de cette enfant accrochée à la robe de sa mère, dépourvue d'un lieu d'appartenance, démunie d'un foyer, privée de la certitude des lendemains. J'essaie de saisir, au moins un bref instant, le cordon qui me lie avec cette enfant perdue dans le siècle sans lumière, sans photos et sans histoire. Le siècle de survivance silencieux où l'amour et les enfantements ont tracé la piste depuis longtemps effacée conduisant vers la famille et le retour. Un siècle de femmes sans parole et sans visage avançant vers l'inconnu, guidées par un mélange de souvenirs et d'espoir.

En attendant l'arrivée de Malvina, je m'étends sur le divan et je ferme les yeux pendant quelques instants pour refaire mes énergies. Un demi-sommeil embrasse mes pensées. Je baigne dans une légèreté absolue où j'entends mon sang animé par les souvenirs de mon ADN couler dans mes veines, emportant à chaque cellule de mon corps des restants de vie de mes ancêtres, mêlés inextricablement à mes soucis d'aujourd'hui, comme une couverte piquée sans patron.

Un camion à dix-huit roues fonce sur le pont. Le poids de sa cargaison de vingt tonnes de hareng intensifie le tapage, augmente le tremblement des plaques de métal et camoufle le bruit du moteur de la voiture de Malvina qui havre au même instant dans mon entrée. J'entends claquer la porte de sa voiture.

Malvina n'a pas encore quarante ans. Elle boite. C'est le résultat d'un accident de voiture qu'elle a subi le soir même de sa graduation de l'école secondaire. Elle était l'une des quarante-deux diplômés qui avaient écouté les discours, assise, l'air pensif sous une toge identique à celle de tous ses copains et copines de classe. Au moment précis où la voiture de l'étranger avait frappé de plein fouet la fourgonnette familiale qui venait de tourner sur la route 1, elle essayait encore de tirer au clair, dans le fond de son ventre, la douleur des adieux et l'excitation d'un long futur qui se pointait dans toutes les directions, comme la roue à gouverner d'un bateau de pêche. Tous les autres membres de sa famille avaient été épargnés. Malvina resta isolée dans le coma pendant trois mois dans l'impossibilité de compter les jours. Ses parents s'en acquittèrent. Et tout le monde de la Baie.

Les jours qui précèdent une pluie, Malvina utilise une canne. Aujourd'hui, elle marche sans canne.

— Tu *driveras* point vite dans Saulnierville. Les *cops* sont là ! Ils avont arrêté le gars à Ambroise à Maurice.

— Merci de m'avertir, j'ai le pied pesant ces jours-icitte.

— T'es pressée ?

— Distraite, plutôt.

— C'est encore plus dangereux.

Ses répliques sont toujours rapides, comme si elle imagine à l'avance le fil des conversations.

Malvina a une hanche artificielle. La hanche droite. Le simple mouvement de s'assoir exige d'elle un effort qu'elle-même a fini par ignorer, mais que les autres perçoivent comme une douleur constante et débilitante. C'est le même phénomène qui se produit chez les personnes qui ont des cataractes et qui ne se rendent pas compte à quel point leur vision est embrouillée. Elle est à peine assise à côté de la porte qu'elle se rend compte qu'il serait préférable de nous installer à la table de ma cuisine. Je la regarde brasser le jeu de cartes que je lui ai offert en cadeau pour sa fête au mois d'aout. Je ne suis pas de ceux qui vérifient leur horoscope tous les jours, mais je m'amuse bien de temps à autre à jeter un coup d'œil sur ce que la vie me réserve selon la vision des astrologues. Je range la lecture des cartes dans le même placard.

Malvina place toujours sur la table la petite nappe en soie rouge qu'elle a trouvée chez Frenchy's afin d'y étendre ses cartes. Elle y met le même soin que celui que les prêtres mettent à habiller leur autel d'une nappe blanche avant d'y poser le calice et le ciboire.

Elle m'a déjà fait part de sa croyance qu'il est essentiel qu'elle reçoive ses jeux de cartes de quelqu'un d'autre au lieu de les acheter elle-même, pour que leurs pouvoirs se manifestent correctement. C'est une des raisons qui m'ont poussée à lui offrir le jeu particulier des Oracles des maitres ascendants, qu'elle utilise astheure.

— J'aime bien ces cartes. Elles se comprennent facilement.

— Mieux que les autres ?

— Oué… la description est moins compliquée. Mes clients les aiment mieux. Ils me disent aussi que les messages des cartes sont plus vrais.

Lorsque je lui ai offert les cartes, je me suis permis d'ouvrir la boite avant de les lui donner. C'est sous le livret explicatif que se trouvaient les cartes imprimées sur un carton épais, dont le bord était garni d'une riche encre dorée et reluisante, semblable à l'or qui protégeait le bord des pages de mon premier livre de prières reçu dans l'autre vie. Toutes les cartes étaient collées l'une sur l'autre à part la première, qui s'était détachée du paquet. C'était la carte de Paul le Vénitien.

J'ai ouvert le livret pour découvrir qui était ce maitre.

… il vécut à Venise pendant l'Âge d'or au seizième siècle. Il réussit à se défendre au moment de l'Inquisition contre les accusations de blasphème attribuées à son interprétation artistique du Dernier Souper…

La carte de Paul le Vénitien avait pour titre « Expression artistique ».

Les titres étant présentés par ordre alphabétique, je n'ai eu qu'à tourner quelques pages pour lire la signification de la carte :

Cette carte indique que tes talents artistiques cherchent une forme d'expression créative. Tu as des talents cachés qui demeurent latents. Cette énergie emprisonnée peut être la cause des sentiments de fatigue, d'agitation et d'inquiétude qui t'accablent et qui peuvent te mener à des accoutumances maladives si ton énergie n'est pas libérée. Même si tu penses que tes talents artistiques ne sont pas perfectionnés, ils ont besoin d'être extériorisés. Prends le temps aujourd'hui de dessiner, de peindre, de chanter, d'écrire, de jouer d'un instrument de musique, de capter des photos, de coudre, de danser…

Malvina tient le paquet de cartes contre son cœur. Elle ferme les yeux pour se recueillir pendant quelques instants.

— Pense à une question précise. T'as pas besoin de me la dire.

Elle brasse les cartes avant de les déposer en éventail face en bas sur la nappe de soie.

— T'as ta question ?

— Oui.

— Okay, choisis-en une.

Je passe lentement la main quelques fois au-dessus des cartes tout en me concentrant sur ma question et je laisse tomber mes doigts sur une, que je lui tends. La carte que Malvina dépose en face de moi n'est nulle autre que celle de Paul le Vénitien. Sur le coup, je suis frappée par la ressemblance entre Paul et le fils de Malvina. Je ne sais pas s'il s'agit du bleu de ses yeux ou de la forme de sa bouche.

— Mon Dieu ! Il ressemble à Éric !

— Tu trouves ?

— Oui, je réponds en camouflant la surprise de revoir la

même carte. Il a un air de jeunesse… voilée d'une sagesse. Un adulte dans un corps d'enfant. Ou peut-être le contraire.

Malvina semble ne pas soupçonner que j'ai déjà vu la carte. Elle lit le texte en ajoutant seulement que je devrai être très attentive pour éviter les distractions.

— J'vais aussi faire le jeu des trois cartes, si tu veux.

— S'il te plait.

Elle me tend le paquet bordé d'or, et je le brasse tant bien que mal.

— C'est point aisé de les brasser avec des petites mains, dit-elle en m'observant d'un visage pensif.

Elle dépose les trois cartes sur sa nappe rouge.

Confiance
Trouve l'inspiration dans la situation présente
Courant de prospérité

Les trois cartes résonnent en moi comme les premiers accords de ma chanson préférée. Il n'y a rien à ajouter. Malvina est aussi convaincue que moi. Son enthousiasme est le reflet du mien.

Elle prend les dernières gorgées de son café refroidi et son visage se voile d'un sérieux que je ne lui connais pas.

— Éric m'a annoncé hier soir qu'il voulait s'enrôler dans les forces armées.

— Vraiment ?

D'un coup sec, le poids de la décision d'Éric se colle aux murs de ma cuisine.

— Il y pense depuis deux mois. C'est ce qu'il m'a dit. Il voulait être sûr avant de m'en parler.

— Le travail est rare ici par les temps qui courent.

Les photos des jeunes soldats canadiens tués en

Afghanistan, parues dans la presse, se mettent à défiler dans ma tête comme un film au ralenti. Ils sont tous beaux. La jeunesse échappe rarement à la beauté. Le visage sur chaque photo s'ajoute au compte et l'éloge de chacune des vies se ressemble. Ils étaient des gars ordinaires qui auraient donné leur chemise pour aider leurs voisins. Ils ont laissé une femme, une fiancée, des parents, des enfants. Ils croyaient à leur mission. Ils avaient osé s'éloigner très loin du milieu qui les avait vus naitre et grandir, animés par la fièvre de l'aventure.

Je ne peux parler de ces photos à la mère d'un futur soldat. Elles s'inscrivent dans le non-dit, même si les yeux sur les photos de chacun des soldats ont parlé à Malvina aussi fort qu'à moi, même si leurs yeux ressemblent à ceux d'Éric et de Paul le Vénitien.

— Il a vingt ans. C'est sa décision.

Malvina concède cette vérité à contrecœur. Elle aurait souhaité que son fils unique choisisse une autre voie. Elle savait depuis longtemps que l'école n'avait pas su éveiller les talents cachés de son fils. Combien de fois s'était-elle obstinée avec lui, alors qu'il refusait de monter dans l'autobus, qu'il feignait un mal d'oreilles, qu'il n'arrivait pas à s'endormir la veille d'un examen. Malvina ne pouvait s'empêcher de penser qu'en subissant le système Éric s'était enfoncé dans un gouffre qui avait limité ses options. Mais, face à la décision d'Éric, elle sentait qu'elle n'avait plus aujourd'hui la liberté de lui parler du gouffre, pas plus qu'elle n'avait la possibilité de changer le système scolaire ou de reculer les bras d'une horloge ancienne.

— Il partira bientôt ?

— Dans quelques semaines. Il attend le résultat de son examen médical.

Je doutais que l'examen médical n'empêche Éric de poursuivre sa décision. Il était grand et fort, il pouvait lever des poids quatre fois plus lourds que moi ou sa mère. Selon les critères de l'armée, il était physiquement un parfait candidat.

Malvina se dirige vers ma porte en boitant un peu plus que d'habitude.

— Il faudrait que je marche plus, pour perdre du poids. J'ai de la misère à m'encourager à marcher.

— Tiens… j'ai une musique de méditation exprès pour marcher. Elle me fait bouger deux fois plus vite ! Ça *swing* fort. T'en veux une copie ?

— C'est peut-être tout ce qui me manque. Okay.

— Tu te moqueras point quand tu me verras courir devant ton logis !

Sur ces paroles, elle éclate de rire en glissant le disque compact dans sa poche à côté de son paquet de cartes. En montant dans sa voiture, elle me salue de la main. Le poste de radio communautaire termine l'annonce de son bingo du jeudi soir. Plus loin, alors qu'elle passe sur le lieu de l'accident de son autre vie, quelques paroles de la chanson *Ô Jésus*, de Zachary Richard, lui collent aux oreilles.

« … une fois que les pères blancs sont partis, on a prié Dieu, mais Dieu avait peur aussi, peur aussi… »

Mon ordinateur se réveille avec le son joyeux et discret qui annonce la réception d'un courriel.

DANS LE TEMPS D'AVANT

Septembre 1945

C'est le 7 septembre 1945. Il fait soleil à La Butte. Deux clients viennent d'entrer dans l'hôtel du *king*, qui se trouve en face de la maison que louent Alcide et Lucina. Les gens de La Butte l'ont nommé le *king* parce qu'ils trouvent qu'il fait des grandeurs depuis son retour des États avec sa nouvelle Oldsmobile et la poche gonflée d'argent. Pendant ses années d'exil, il rêvait de revenir construire son immense hôtel à trois étages. La *queen* s'appelle Almée.

L'été a été plus chaud que d'habitude. De fait, la chaleur s'est graduellement installée depuis la fin de la Guerre. Hier, on aurait pu célébrer le quatrième mois depuis la victoire des Alliés, mais les célébrations ont déjà eu lieu dans le temps et les gens de La Butte se laissent maintenant tout simplement rêver d'un plus bel avenir.

Puisque la chaleur de l'été persiste, Alcide et Lucina décident de passer l'après-midi à la plage avec leurs deux jeunes enfants, Jean et Simone. Les grandes marées sont terminées et la mer commence à monter sur le platin en ce début d'après-midi. L'eau est à son plus chaud parce qu'elle a eu tout l'été pour se réchauffer. Le platin, qui absorbe la chaleur du soleil, agit comme un immense calorifère.

Jean et Simone restent dans l'eau avec leurs cousins et cousines plus longtemps que leurs parents. Leurs gambades et leurs cris joyeux se mêlent aux conversations des goélands qui paressent près d'un amas de goémon qui se trouve en face de la barre des Maréchals, non loin des baigneurs. On se croirait au début du mois de juillet.

Des essuie-mains blancs couvrent les épaules d'Alcide et de Lucina, qui sont assis sur le sable chaud devant l'herbe et les rosiers sauvages de la dune.

— Ça t'ennuie de partir ? demande Lucina.

— Je pense déjà au retour. C'est la seule chose qui me donne le courage de partir.

Alcide partira demain pour faire des études à New York afin d'obtenir un diplôme de maitrise.

— Je m'ennuierai de toi.

— Moi aussi. Beaucoup.

— Ça me déplait de te laisser seule avec les enfants.

Lucina ne veut pas avouer à son mari sa crainte de se retrouver seule avec les deux enfants dans la grande maison pendant tout un hiver. Pourtant, sa mère et son père habitent à côté, et elle sait qu'au besoin elle peut compter sur toute la parenté qui habite le village de La Butte.

Alcide a déjà récolté, plus tôt que d'habitude, les carottes, les navets, les choux et les patates du potager. Seuls les panais sont restés en terre afin que l'hiver leur ajoute la saveur sucrée qui marque le passage au printemps. Les légumes sont entreposés au sous-sol de la maison, dans la chambre froide. Pour y accéder, il suffit de lever la trappe dissimulée dans le plancher de la *pantry.* Lucina et Alcide ont préparé ensemble les cosses salées au mois d'aout. Les frères de Lucina entreposeront les pommes un peu plus tard cet automne et la viande sera fournie par les animaux de la grange de son père, qui se trouve à quelques pas de leur maison. Chaque matin le coq chante. Le beuglement des vaches marque leur entrée dans la grange pour se faire traire, et c'est l'odeur de cochon qui finit par dominer l'arôme du foin dans la grange.

En remontant de la plage, la famille passe au magasin de Léonard pour acheter des cornets de crème glacée. Jean et Simone se lèvent sur le bout de leurs orteils nus pour mieux voir par la vitrine et pointer la saveur de leur choix. Les empreintes de doigts d'enfant sur la vitre ne les empêchent pas de voir clairement les quatre bacs de crème glacée : vanille, chocolat, fraise et orange. Ils sautillent de joie en indiquant leur choix.

Dans la cuisine de la maison, Lucina essuie le chocolat qui a dessiné une bouche de clown sur le visage de Jean. Simone a une tache orange sur son short en coton blanc. C'est vendredi.

Le *peddler* de poisson a passé ce matin. La cabane à l'arrière de son camion était rempli de poisson frais et de filets fumés. Lucina a été impressionnée par une grosse morue d'environ vingt-quatre livres suspendue au plafond, mais elle a opté pour des steaks de flétan. Ce sera le dernier souper avant le départ d'Alcide et le flétan est son poisson préféré. Tante Céleste a acheté des têtes de morue. Son mari aime les joues et les langues. Elles sont moins chères que les filets, quasiment données ! Depuis la fin de la Guerre, on a aboli les coupons, mais l'argent se fait encore rare.

— Mangez vos carottes, c'est bon pour vos yeux.

Lucina a mélangé carottes et patates dans l'espoir que ses enfants mangeraient deux légumes sans qu'elle doive insister doublement. Chaque repas pose le même défi. Ses enfants n'ont pas encore cinq ans.

Le beurre qu'Alcide étend sur son épi de blé d'Inde fond en s'écoulant dans le creux de son assiette pour s'infiltrer dans la chair du flétan. En nettoyant les restants du jus avec le dernier morceau de sa tranche de pain, il lève la tête et croise le regard de sa femme. Lucina a un air de tristesse dans les yeux. Elle aurait le gout de laisser couler librement ses larmes, mais elle les retient en présence des enfants. Alcide lit l'envers de son regard. Chez lui, le même sentiment reste accroché au niveau de la gorge.

Ce soir, Jean et Simone ont le droit de rester debout un

peu plus tard que d'habitude. Ils s'installent sur les deux bras d'un fauteuil du salon, et Alcide lit leur histoire préférée, qu'il improvise à partir d'un livre anglais illustré en trois couleurs. L'histoire se déroule dans une grande maison à trois étages qui ressemble drôlement à la leur. Il n'y a qu'un livre pour enfants dans la maison d'Alcide et Lucina, et déjà le coin des pages montre des signes d'usure.

Pendant la durée du conte, Lucina s'empresse de débarrasser la table et de mettre à tremper les couches en coton de Simone pour le lavage du lendemain. Elle espère que dans les prochains jours Simone brisera le premier mur de sa liberté d'enfant en choisissant elle-même le moment approprié pour se rendre à la toilette.

— C'est demain que tu vas traverser sur le gros, gros bateau ? dit Jean à son père avant qu'il baisse les rideaux.

— Oui, et tu vas voir le bateau toi aussi, demain. Tu vas aller loin, loin dans l'auto de papa pour voir le bateau.

Avant que disparaissent les dernières lueurs du coucher de soleil, Alcide et Lucina se retrouvent dans leur chambre à coucher. Les lumières de la véranda de l'hôtel du *king* viennent de s'allumer pour la nuit. Les gens de La Butte ont garé leurs voitures et tous les animaux de la bassecour ne sont déjà plus debout sur leurs pattes.

Lucina ferme les yeux pour mieux ressentir le souffle et les lèvres d'Alcide sur son cou et la sécurité de son étreinte autour de sa taille. Debout derrière sa femme, Alcide réinvente son jeu de mains sur le ventre et la poitrine de Lucina. Il dessine du bout des doigts un mélange continu de dessins sinueux qui se prolongent en descendant jusqu'à la source des sources et qui rejaillissent avec la force de la marée qui nettoie les rives escarpées des iles de l'autre bord de la Baie avant de se vider dans l'océan.

À peine quatre heures plus tard, pour faire taire les ronflements d'Alcide, c'est Lucina qui entame le jeu en posant d'abord délicatement sa main sur le nombril de son mari. Le corps d'Alcide ne bouge pas, mais ses ronflements se taisent presque immédiatement.

Comme le chat qui plante son nez dans le soulier d'un visiteur qui s'est déchaussé à la porte, le lendemain soir, Lucina enfonce son visage dans les draps de son lit vide. Son territoire s'est rétréci.

Matin du 13 octobre 1945

Un vent frisquet du nord-est soulève quelques feuilles tombées de la haie qui marque la limite du terrain du voisin. Lucina enfile le chandail en laine noire qu'elle a tricoté. Elle marche lentement vers le poulailler de la grange pour aller chercher une douzaine d'œufs. Simone et Jean la talonnent. Ils n'ont pas encore le droit de s'aventurer seuls dans ce lieu féerique qui met les animaux à la portée de leur main. Avant d'aller cueillir les œufs, ils insistent toujours pour toucher le bout du nez humide de l'une des vaches qui les regardent avec un air d'indifférence.

Lucina se sent fatiguée. Elle aurait aimé dormir plus longtemps dans son lit, mais elle sait que les heures de repos supplémentaires se réclament plus facilement le soir que le matin, surtout en ce mois d'octobre où l'on constate chaque jour la disparition des quelques minutes de lumière qui se sont éteintes dans le silence de l'aube et du crépuscule.

Debout sur le petit escarpement qui borde la rivière, Lucina dépose son panier d'œufs à terre.

— Jean, emmène Simone voir les poules dans la cour. Allez ! Mame sera là dans quelques minutes.

Lucina s'empresse de déclencher le loquet du privié du voisin, qui se trouve plus près d'elle que la toilette de sa maison. Noyée dans des sueurs chaudes, elle a à peine le temps de s'agenouiller pour vomir son déjeuner dans le trou froid qui lui fouette le visage avec ses relents d'excréments. En vomissant, elle sent la douleur ancrée dans la fermeté de ses seins, qui sont devenus sensibles au moindre toucher. L'estomac vide, elle s'assoit sur le trou pour regagner une respiration normale. Elle enlève son chandail noir pour laisser dans le privié la moiteur de ses sueurs. Elle y laissera aussi ses derniers doutes.

Simone et Jean auront une petite sœur. C'est seulement au printemps qu'ils apprendront la nouvelle. Le secret du ventre de Lucina restera caché de la parenté pendant les premiers mois d'hiver alors que, pour avoir plus chaud, les femmes ajoutent des couches aux robes qui recouvrent leur corps. Elle a encore les vêtements amples qu'elle portait pendant la grossesse de Simone.

Alcide apprendra la nouvelle au début de décembre, par une lettre qu'il recevra peu avant son retour pour les vacances de Noël. Lucina veut lui épargner le tracas qui risquerait de le distraire ou même de le détourner de ses études. Les vomissements ne dureront que quelques semaines. C'est déjà son troisième enfant et le devoir conjugal l'appellera à en mettre d'autres au monde. Mieux vaut s'y habituer.

L'ŒUF DANS LA COQUILLE

Le jaune d'œuf baigne dans le blanc d'œuf qui, dans son état primitif, n'a pas de couleur : il est transparent comme de l'eau. La coquille d'œuf est toujours fragile, de même que la coquille du bébé dans le ventre de sa mère. Mais la coquille du bébé est d'une fragilité plus malléable parce qu'elle est faite de chair vivante et élastique qui se laisse étirer et pénétrer de l'extérieur par les vibrations sonores et les ondes d'émotions qui chauffent sous les mains caressant la rondeur du ventre enceint. Le bébé baigne dans l'eau transparente, en sécurité, comme les plaises de la rivière en l'absence d'hameçons.

Avant d'avoir ses pieds, le bébé n'a qu'une racine vitale qui le nourrit. L'eau qui l'enveloppe lui permet d'échapper au temps, d'exister en flottant, en communion parfaite avec sa mère, tandis que ses cellules multiplient à chaque instant la complexité de son corps humain qui nait dans l'eau avant de naitre à l'air. Son cœur se met à battre son sang tout doucement, ses reins chassent l'eau dans tous les recoins de ses membres. L'eau s'insinue dans ses poumons pour leur insuffler leur élan vital. Ses yeux s'ouvrent pour se confondre avec son nid aqueux dépourvu de lumière. Lucina sait déjà quand son bébé va lui donner le prochain coup de pied. Elle sent sa réaction au bruit du tonnerre, qui la plonge elle-même dans une peur qu'elle n'a jamais su vaincre. Elle voudrait que son bébé n'ait pas peur.

La tête était déjà grosse dès les premières semaines suivant la conception et c'est elle qui doit sortir en premier. Après neuf mois de complicité insondable, Lucina sait que son bébé est prêt. Elle aussi est prête.

Les eaux éclatent dans un torrent de douleur qui se répercute en vagues tempétueuses. Le bébé réclame son passage à une vie d'air et de lumière. Il expulse l'eau de ses poumons. Il s'agrippe à son premier souffle avec un braillement vigoureux. La racine est coupée. Le noucle est nouclé. Une infirmière lave et sèche son corps.

Je suis seule.

Pendant toute ma vie, je chercherai souvent à ressentir, à retrouver ou à recréer la sécurité de ma racine coupée.

1952

In all, between 1946 and 1958, the United States detonated 67 nuclear tests in the Marshall Islands, then a U.S. protectorate under the United Nations. The megatonnage was equal to exploding 1.6 Hiroshima atomic bombs a day for 12 years. Twenty-three tests took place at Bikini, and four of its islets were vaporized.[1]

1 *www.zmag.org.*

Ma sœur et moi, nous portons aujourd'hui une robe pareille, sauf que la sienne est un peu plus grande que la mienne. Alors, lorsque la mienne deviendra trop petite, ma mère me fera porter la sienne. Je n'aime pas porter les hardes de ma sœur lorsqu'elles ne lui *fitent* plus. C'est Lucina qui a fait les robes avec son moulin à coudre. La jupe de la robe est bleu marine et la partie du haut est d'un bleu plus pâle. Ma mère a fait du *smocking* avec un tissu en coton blanc et un fil rouge sur la partie qui couvre la poitrine. Il y a deux *straps* qu'il faut amarrer dans le dos comme une ceinture, et elles se démarrent tout le temps. Quand Lucina les attache en faisant deux noucles, je ne peux pas dénoucler ma robe toute seule. Je dois lui demander de m'aider.

Aujourd'hui, nous portons nos robes et nos souliers du dimanche en *patent leather* noir parce qu'il y a une jeune fille du voisinage qui est morte. Elle s'appelle Alda et elle a le même âge que ma sœur Simone. Alda avait une maladie qui s'expliquait par deux grands mots anglais que je ne comprends pas. Elle avait aussi des « mals » sur ses bras qui ne guérissaient pas. La dernière fois que j'ai vu Alda vivante, elle portait une robe blanche et un voile blanc dans la procession de la Fête-Dieu à l'église.

Le cercueil en velours gris d'Alda est dans le salon de la maison de ses parents. Il y a trois grosses chandelles qui scintillent à chaque bout du cercueil et ça sent la cire fondue. Alda est vêtue de la robe et du voile qu'elle portait dans la procession. Les perles du chapelet qu'elle tient dans ses mains sont blanches aussi. Je ne vois pas ses mals. Peut-être qu'ils sont guéris. Les grandes personnes debout et assises dans le salon chuchotent entre elles. J'entends qu'elles disent qu'Alda a souffert et qu'elle est maintenant une sainte au ciel. Ses parents pleurent. C'est la première fois que je vois des grandes personnes pleurer. Cela me rend bien triste et je voudrais pleurer moi aussi.

Alcide lave notre Chevrolet et je l'aide à la sécher avec un chamois. Je suis trop courte pour faire le *windshield,* alors Alcide emprunte mon chamois pour le sécher.

— Regarde, dit-il, tu vois les toutes petites *chips* rondes dans la vitre, comme si des petites roches l'avaient frappée ? Elles se voient mieux de l'intérieur de la voiture quand il fait soleil.

Je grimpe sur le siège et je m'agrippe au volant pour mieux les examiner.

— Je les vois… Quoi-ce que c'est ?

— C'est l'effet du *fallout* des bombes atomiques.

— Où-ce qu'elles sont, les bombes ?

— Les Américains font des tests avec les bombes. On ne sait pas exactement où. C'est un secret militaire. Ils veulent se préparer en cas d'une autre guerre mondiale. Maintenant, il y a une guerre froide dans le monde.

— Quoi-ce qu'une guerre froide ?

— C'est quand deux pays ont peur l'un de l'autre. Les Américains ont peur des communistes de la Russie. Ils ne veulent pas que les communistes en viennent à contrôler la terre.

— Pourquoi-ce qu'on appelle ça une guerre froide ?

— Parce que ce n'est pas une vraie guerre où des soldats se battent. C'est comme si la guerre pouvait être déclarée à n'importe quel moment. C'est une guerre de peur.

— Les communistes pourraient venir jusqu'ici ?

— Ça se pourrait…

Parfois, j'ai l'impression qu'Alcide m'aime plus que ma sœur et mon frère, parce qu'il me demande de l'accompagner quand il va visiter ses clients. Je dois l'attendre seule dans la voiture pendant qu'il leur parle, et il y a des jours où ses visites durent si longtemps que je pense qu'il m'a oubliée. À ces moments-là, je n'ai rien d'autre à faire que de m'ennuyer et de penser. Je pense aux communistes, qui pourraient venir nous attaquer. Je pense à la Sainte Vierge, qui a dit le secret aux enfants de Fatima. Les sœurs nous disent que, dans un des secrets de Fatima, la Sainte Vierge a dit : « Pauvre Canada ! » Si je fais des péchés, si je ne suis pas toujours bonne, les communistes viendront et il faudra que les Américains jettent des bombes pour nous protéger. Le *fallout* sera beaucoup plus sérieux que le petites *chips* sur la vitre de notre Chevrolet.

Maintenant, chaque fois que j'entends un avion, je veux aller me cacher, mais je ne sais pas où. Alcide m'a expliqué qu'il y avait des *fallout shelters* construits à certains endroits sous terre pour sauver les chefs des pays. Je lui ai demandé s'il pourrait en construire un pour notre famille. « Non, m'a-t-il répondu, ça couterait trop cher. » Mais moi, je continue d'imaginer dans un coin de la cave de notre maison, contre deux murs froids et humides en pierre et en mortier, contre deux murs qui sont déjà en place, un petit *fallout shelter* rempli de nourriture en *cans* qui permettrait à notre famille de survivre aux bombes atomiques. C'est ainsi que j'apaise ma peur des communistes et de la guerre froide avant de m'endormir le soir.

Automne

Un jour, à la mi-septembre, un commis voyageur se présente à la porte de notre maison. L'étranger a de beaux yeux verts qui sourient quand il nous parle. Il porte une cravate à motifs gris imprimés sur un fond vert de la même teinte que ses yeux. Il demande nos noms et, en nous regardant droit dans les yeux, il prononce chaque nom distinctement deux fois, comme si une maitresse d'école lui demandait de les prononcer. Le vendeur dit à Alcide et à Lucina qu'ils ont de très charmants enfants qui méritent le plus beau des avenirs.

— *I have what it takes to make leaders out of your children*, dit-il. Je peux faire d'eux de vrais chefs. J'ai quelque chose qui garantira leur avenir.

Alcide songeait depuis quelque temps à investir dans une encyclopédie. Il décide donc de profiter de l'occasion et d'acheter sur le coup celle que lui propose le vendeur, qui en a quelques exemplaires dans le coffre de sa Studebaker. Son prix est à peu près le même qu'ailleurs.

Ce soir là, les 16 lourds volumes de l'*Encyclopædia Britannica* se font ouvrir, fermer et feuilleter inlassablement par les grosses mains des parents et les petites mains des enfants, qui apprennent à mieux comprendre l'ordre alphabétique des sujets. Alcide reste debout après tout le reste de sa famille pour lire l'analyse que fait la *Britannica* de la Seconde Guerre mondiale.

According to Wikipedia, the modern bikini was invented by French engineer Louis Réard and fashion designer Jacques Heim in Paris in 1946 and introduced on July 5 at a fashion show at Piscine Molitor in Paris. It was a string bikini with a g-string back. It was named after Bikini Atoll, the site of a nuclear weapon test a few days earlier in the Marshall Islands, on the reasoning that the burst of excitement it would cause would be like the nuclear device.[2]

2 *http://en.wikipedia.org/wiki/Bikini.*

Hiver 1955

Les rouleaux de neige sur la falaise derrière la maison prennent plus de temps à fondre que le reste de la neige. Alcide et Lucina nous disent de ne pas aller jouer sur ces rouleaux parce qu'il peut se produire des fissures dans l'épaisse falaise de neige qui habille la vraie falaise en terre. Si nous tombions dans une des fissures, nous pourrions étouffer, dit Lucina. Avec les cousins et les cousines du village, nous attendons donc que la neige soit durcie sous la chaleur tempérée d'une journée de soleil avant de nous y aventurer. Nous glissons inlassablement sur les fesses en bas de la falaise, que nous escaladons ensuite presque aussi rapidement en posant les pieds dans des trous creusés en guise d'escalier. La neige durcie nous offre des provisions inépuisables de blocs taillés à coups de pelle pour nous construire des maisons intégrées au flanc de notre montagne blanche. Notre village de neige se remplit de cris et de bousculades, nos mitaines et nos *snow pants* en laine se couvrent de mottelons de neige qui fondront plus tard dans une marre d'eau sous les pieds du poêle à bois de la cuisine. Les villages de neige durent plus longtemps que nos châteaux de sable construits pendant l'été sur les platins à marée basse avec autant d'agrément.

Le vent fait craquer les murs de notre maison et siffle entre les cadres des doubles châssis. Je presse mon visage contre la fenêtre de la cuisine pour voir la neige qui foudreille et qui rafale dans l'obscurité. Chaque fois que je perds de vue les lumières des maisons voisines, je me sens davantage mitonnée par la chaleur de la maison. Je suis l'œuf qui se fait couver dans un nid d'oiseau.

Ma mère chante avec le disque qui joue sur la table tournante logée à côté de notre radio dans un meuble en bois.

« En passant par Paris, en vidant la bouteille, un de mes amis me dit à l'oreille… Ah oui, buvons ! Le bon vin m'endort et l'amour me réveille encore… » Le disque est d'un plastique orange semi-transparent capable de tamiser les rayons du soleil. Nous avons aussi quelques disques rouge vin et d'autres en plastique noir opaque. Ce sont des disques de musique classique qui tournent moins souvent que les chansons, à l'exception de la *Polonaise* de Frédéric Chopin, qui a déjà dressé mes oreilles aux délices du piano.

Le ventre de ma mère est bedonnant. Elle attend un autre bébé dans quelques semaines.

— As-tu un nom pour le bébé ? dis-je pensivement en la regardant tricoter un bonnet, assise dans une chaise du salon.

— Pas encore…

— J'espère que ce sera un garçon, disent mes deux frères.

— Non, il faut que ce soit une fille ! réplique ma sœur.

— Nous voulons une autre fille ! j'ajoute.

— J'espère simplement qu'y aura pas de tempête comme ce soir quand il naitra, dit ma mère.

— C'est peut-être des jumeaux… un gars et une fille… Comme ça, nous aurions autant de filles que de gars dans la famille, dis-je.

— J'pense pas que ce soit le cas… J'suis pas grosse assez !

— T'es sure ?

— Pas mal sure.

Ma sœur et moi, nous couchons dans une chambre au troisième étage. Pour accéder au grenier, à l'*attic*, il faut passer par notre chambre. Dans l'*attic*, il y a quelques malles et des boites en carton remplies de vieilles photos, de vêtements que nous ne portons plus et de documents anciens jaunis qui appartiennent à mes grands-parents et à mon père. Dans une des boites, il y a les notes manuscrites de mon père qu'il a ramenées de ses études à New York. L'*attic* sent la boule à mites. Son unique petite fenêtre, qui donne sur le nord, est ouverte seulement en été. Il y a aussi, à gauche de la porte de l'*attic*, un espace sans lumière formé par l'angle du toit et le mur des deux chambres de l'étage. Nous appelons ce tunnel le trou noir. L'entrée du trou est fermée par un rideau en tissu terne et guenilleux qui ensevelit religieusement son secret dans une obscurité permanente. Depuis qu'on m'a dit qu'il y a des fantômes au fond du trou noir, je n'ose même pas toucher au rideau. De peur, je me mets à trembler dès que je m'en approche. Je préfèrerais étouffer dans la fissure d'un rouleau de neige plutôt que de ramper dans le trou noir en quête d'un revenant. Ma peur du trou noir est différente de celle du secret de Fatima.

Sous le toit, le nordet secoue le troisième étage plus vigoureusement que le reste du logis. La corde de la lumière qui pend au centre du plafond, attachée à la tête de notre lit se balance doucement sous les secousses et le craquement du bois de l'ossature.

— Tenez, voici deux couvertes plus chaudes, dit ma mère avant de redescendre l'escalier en colimaçon. Vous en aurez besoin cette nuit.

— As-tu pensé à un nom de fille pour le bébé, je demande à ma sœur après quelques minutes de concentration sur le sifflement qui refroidit notre nuit ?

— Non, pas encore, mais je vais y penser.

— Moi, j'aime le nom Ariane.

— C'est différent.

Je me tourne sur le ventre entre les draps de flanellette

et je me recouvre la tête avec les couvertes lourdes piquées par grand-mère Lizzie. La chaleur gagne graduellement mon corps et seul mon nez reste froid toute la nuit. Avant de glisser dans le sommeil comme je glisse en bas de la falaise, je pense à notre village de neige qui sera sans doute à refaire, mais le vent aura aussi balayé la glace du grand lac et demain, si la tempête est finie, nous irons tous patiner après l'école.

À la lueur du matin, Alcide monte au troisième étage pour enlever le petit tas de neige qui s'est accumulé sous la fenêtre de l'*attic*. Par la fenêtre de la cuisine, sous la baguette magique des rayons du soleil, je vois éclater des milliers de minuscules étoiles sur la surface de la neige immaculée. Le ciel est d'un bleu saturé comme on en voit seulement en hiver. Le chasse-neige passe pour ouvrir le chemin du roi, et même avant de sortir, j'entends déjà la neige sèche craquer sous mes bottes d'hiver. Il fait trop froid pour qu'elle colle, alors les gars ne nous lanceront pas de boules de neige en traversant le pont pour nous rendre à l'école.

Été 1955

Je suis à la messe basse. Le dos des bancs d'église est raide et froid, même en été. Assise entre ma mère et ma sœur, j'ai les pieds qui pendent dans les airs parce que les bancs en bois ont été construits pour les grandes personnes. Mon avtivité préférée de la messe est de regarder entrer les familles qui s'assoient toujours dans les mêmes bancs, dimanche après dimanche. Toute la parenté s'assoit du même côté de l'église, comme si un plan invisible a été dressé au moment même de l'attribution des premières concessions de terre à la Baie.

Le seul étranger de la paroisse a des racines libanaises. Chaque fois qu'il entre, suivi de sa femme et de ses six enfants, une lourde odeur d'ail se dispute les airs avec les restants d'effluves de l'encensoir. L'odeur me déplait. Je surveille du coin de l'œil le regard de mes parents et je cogne le bras de ma sœur en me pinçant discrètement le nez. Nous ne mangeons pas d'ail chez nous. Je me tourne pour voir mon cousin Michel assis deux bancs derrière moi, et il fait le même geste que moi en riochant. Lucina chuchote dans mon oreille : « Arrête tes folies ! »

Dans un geste de soumission absolue au rite, l'entrée du prêtre sur l'autel commande le peuple à se lever debout. Je connais la plupart des petits valets qui, chaque dimanche, se font transformer en mini-prêtres pour la durée de la cérémonie. Michel n'est pas un petit valet, mais j'ai d'autres cousins qui le sont. Cela dépend des parents. Ceux de Michel n'ont pas insisté. Parfois, je pense qu'il y a un mur invisible entre l'autel et moi. Les gars ont le droit d'être de l'autre côté du mur. C'est comme ça, tout simplement. Sans aucun effort de leur part, les garçons ont le droit de toucher aux objets du culte et de se tenir debout avec la patène à côté du prêtre lorsqu'il donne la communion. Ils sont les premiers à communier. Les filles peuvent seulement monter les marches de l'autel pour la confirmation. Moi, je ne suis pas encore confirmée.

Les paroles du sermon résonnent dans ma tête comme le passage d'un morceau de bois mort qui descend la rivière, emporté par le courant. Je ne comprends pas les phrases des apôtres, mais de temps à autre le prêtre explique certaines choses qu'il ne faut pas faire pour mériter le ciel. Parce que j'ai fait ma première communion, je connais déjà le sens du péché. Même si je sais que je ne comprendrai jamais le latin, j'aime sa sonorité. Le latin de la messe est comme une chanson sans musique et il y a certains bouts que je suis capable de réciter, tout comme j'ai appris les paroles de notre 45 tours : « Le bon vin m'endort et l'amour me réveille encore. »

Quand je reviens de communier, je m'agenouille sur le prie-Dieu en bois et je pose mon menton sur le dos du banc d'en avant. L'élastique qui retient mon chapeau de paille me démange sous le cou. Je passe ma main sous l'élastique pour me gratter en avalant les restants de mon hostie fondue et en demandant au Bon Dieu de me protéger du péché. Les femmes sont obligées de porter un chapeau dans l'église.

Contrairement à l'habitude, aujourd'hui mes parents ont choisi de venir à la messe basse plutôt qu'à la grand-messe parce que, cet après-midi, il y a le défilé de chars allégoriques du festival et mon père veut préparer son char pendant la grand-messe. Assise pour une dernière fois après la communion, je guette impatiemment le *Ite, missa est*. Dès que je monte dans la voiture pour rentrer à la maison, j'enlève mon chapeau de paille. Je n'aime pas porter un chapeau.

Les prières ont été exaucées : il fait un beau soleil pour le défilé. Alcide a trouvé un vieux filet de pêche pour recouvrir sa toute nouvelle Chevrolet bleu pâle qu'il vient d'acheter il y a quelques semaines. Le filet noir à petites mailles a encore quelques morceaux de goémon séché qui y sont restés collés et qui ajoutent au thème marin une senteur de sel et de mer. Il attache au filet des bottes en caoutchouc et quelques *souwesters* noirs qu'il a ramassés dans la vieille *fish shed* sur le quai. Il a même trouvé des étoiles de mer séchées de différentes tailles qui attirent déjà l'admiration des voisins venus nous donner un coup de main.

La Chevrolet tirera une petite remorque à deux roues décorée de la même manière que la voiture. Deux bancs sont posés sur les filets pour que s'assoient les cousins et cousines vêtus des costumes de leurs ancêtres. Lucina et quelques-unes de mes tantes font partie du comité chargé de dessiner et de confectionner les costumes. Elles se sont inspirées de dessins obtenus en France. Ma jupe bleue bouffante gonflée par une *slip* en crinoline, mon tablier jaune, ma veste noire lacée en avant et mon bonnet blanc qui ressemble à un bonnet hollandais font de moi une évangéline. Tous les costumes des filles se ressemblent, sauf que la jupe est parfois rouge et le tablier pourrait être blanc, selon la paroisse à laquelle elles appartiennent.

C'est la première fois que je monte sur un char allégorique. Nous sautillons tous d'excitation dans l'attente que le défilé se mette en route. Un journaliste du magazine *The Standard* est venu exprès pour nous photographier. Il prend plusieurs photos à partir de différents angles en nous disant exactement comment sourire. Une photo en couleurs paraitra dans une prochaine édition du *Standard* à côté du char de l'Assomption, sur lequel il y a la Sainte Vierge debout sur un piédestal et des enfants costumés qui prient à ses pieds. La fille qui fait la Sainte Vierge est dans la classe de ma sœur.

L'année dernière, elle a déjà joué le rôle de la Sainte Vierge dans une pièce de théâtre paroissiale. Tout le monde a dit qu'elle ressemblait juste à la Sainte Vierge. C'est pourquoi on l'a choisie pour être sur le char de l'Assomption.

Le défilé avance lentement au son des marches militaires jouées par la fanfare des marins de Cornwallis. Une atmosphère festive a gagné le cœur de toutes les personnes massées sur le bord de la route entre Saulnierville et la Pointe. Les enfants tiennent des ballons de toutes les couleurs amarrés par un fil et trottinent sans arrêt autour de leurs parents. Les grands-parents de la Baie sont assis sur leur chaise préférée sur la véranda des grosses maisons en bois héritées de leurs ancêtres. Les voitures bergotent, les enfants huchent, les chiens jappent et les adultes crient des remarques teintées d'humour aux conducteurs des chars.

J'aime faire partie du défilé. Je salue les gens de la main comme le font la reine et sa princesse, mais avec moins d'aisance et de fluidité. J'en ai moins l'habitude. Quand nous montons la butte au Petit-Ruisseau, une bouffée de vent décroche les *bobby pins* qui tiennent mon chapeau en place sur mes cheveux. Je l'attrape de justesse. Tant pis, je le glisse sous mes fesses et je laisse mes cheveux courts se faire caresser par la brise. Quelques fleurs blanches en Kleenex s'échappent du char de l'Assomption qui guide le défilé devant nous.

Noël 1956

J'ai 10 ans et demi. C'est le mois de décembre et les décorations de Noël sont déjà installées dans la maison, mais tous les cadeaux ne sont pas encore déposés sous l'arbre. Lucina préfère attendre l'avant-veille pour les mettre en place parce qu'elle sait que nous allons les soupeser, les manipuler et les secouer sans relâche, et elle ne veut pas que nous devinions ce qu'il y a dedans avant le matin de Noël. La magie des Fêtes se cultive sous le maquillage illuminé et scintillant de l'attente.

Je ne lis pas le *Halifax Herald* tous les jours, mais je ne peux m'empêcher de remarquer chaque matin les photos de la une alors qu'Alcide se cache le visage de sa famille pour lire l'envers des pages. En ce samedi matin, je suis saisie par une grande photo de trois enfants de mon âge debout avec quelques menues valises à leurs pieds à *Pier 21*. La manchette : *More Hungarian Refugies Arrive in Halifax*. Depuis quelques semaines, jour après jour, le journal et la radio ne parlent que de la Révolution rouge dans les rues de Budapest. Les communistes sont rendus là avec leurs chars d'assaut, et des centaines de personnes se font tuer et torturer. Entre les mélodies et les cloches festives, les paroles de la radio donnent aux images du journal une sonorité qui rhabille ma peur des communistes et du message de Fatima. Le simple nom *Hungary* évoque en moi la souffrance d'une faim insatiable lorsque je m'approche de l'image des trois enfants qui tirent les ficelles de ma pitié et de mon désir d'aider.

— Il y aura des réfugiés qui viendront ici, à la Baie ?

— Je ne pense pas, répond Alcide, mais je ne le sais pas pour sûr.

— J'pourrions-ti point en recevoir chez nous ? J'pourrions

leur faire de la place !

— Ce serait possible, mais il est trop tôt pour le dire en ce moment. Ils vont probablement préférer aller s'installer dans les grandes villes.

— J'aimerais ça, recevoir des réfugiés chez nous.

Alcide me regarde avec un sourire amusé qui laisse voir un soupçon de surprise, avant de refermer son mur de papier. Ce jour-là, plus d'une fois, je prends le journal afin de figer en moi l'image des trois enfants. Leurs yeux sont gros et ronds, des yeux qui n'ont pas perdu espoir. Ils semblent prêts à reprendre leurs valises pour se rendre chez eux, mais ils n'ont plus de chez eux. Ils ne rêvent que d'un lit, d'un toit et de nourriture. Il n'y a pas de chars d'assaut dans les rues de Halifax. Il n'y en a jamais eu. Dans les vitrines des magasins, il y a des arbres de Noël aux lumières qui brillent de toutes les couleurs.

Je me couche le soir en pensant qu'Alcide pourrait mettre des lumières dans le trou noir de l'*attic*, qu'il pourrait défaire le mur qui le sépare de notre chambre et nous pourrions mettre des matelas pour les réfugiés hongrois. Faire fondre leur mur de fer. Je leur passerais même mon lit. J'aimerais ça, coucher sur un matelas par terre avec les enfants réfugiés. Je pourrais apprendre des mots de la langue des enfants aux gros yeux noirs et je leur apprendrais des mots de la mienne. Juste avant de sombrer dans le sommeil, j'ai l'impression que je connais déjà les enfants qui viendront, même avant de les rencontrer.

Prior to 1956, Canada's preferred immigrant was either a white Brit or a white American. Just a short decade earlier, Canada refused to accept Jewish refugees trying to flee the horrors of the Holocaust. Central and

> *eastern Europeans – including Hungarians – were near the bottom of the racist immigration hierarchy. [...] Still, when the initial streams of Hungarian refugees marched past the Iron Curtain into Austria, the Canadian government was hardly keen to accept them – on either humanitarian or economic grounds. It was only when the Canadian public, bombarded with shocking images from Budapest, demanded action that politicians approached the refugee issue*[3].

Je connais le secret du père Noël. La fête de Noël était beaucoup plus excitante lorsque je ne savais pas qu'elle se cachait sous un secret.

Maintenant, je pense plus à la crèche qu'au père Noël. Le dernier jour d'école avant les vacances, j'ai peint une crèche avec de la *poster paint* épaisse. Le ciel était du bleu foncé qui sortait directement de la bouteille de bleu et j'ai ajouté, pour finir, de gros flocons de neige blancs partout sur mon image. J'ai ajouté la neige sur le ciel foncé parce que ça me rappelait la messe de minuit. Lorsque ma peinture a séché, le papier était tout ondulé parce que la peinture couvrait toute la surface. J'ai dû le manipuler avec beaucoup de soin en l'emportant à la maison pour empêcher la peinture de craquer. Je trouve que ma peinture de la crèche est la plus belle de toutes les peintures que j'ai faites. Lucina l'a accrochée au mur de la cuisine.

Hier soir, je suis allée à la messe de minuit. Mes parents m'ont réveillée pour y aller. Je n'aime pas me faire réveiller comme ça au milieu de la nuit. J'avais terriblement envie de vomir au début de la messe, mais après je me suis sentie un peu mieux, même si mon plus grand bonheur aurait été de

3 Alexandra Zabjek, *Ottawa Citizen*, 15 octobre 2006.

dormir sur le banc dur de l'église et de laisser sombrer dans le néant les mélodies de l'orgue et les voix de la chorale. Dans son sermon, le prêtre a encouragé ses paroissiens à adopter des réfugiés hongrois. Il a dit que les réfugiés étaient comme Marie et Joseph qui se faisaient refuser un endroit pour se reposer.

Les cadeaux sont déjà tous déballés. Nous n'avons pas perdu de temps à ouvrir nos cadeaux. Moi, je voudrais toujours qu'il y ait un cadeau de plus, mais je ne le dis à personne. C'est mon secret. Le salon se remplit rapidement de papiers de toutes les couleurs et Lucina s'empresse de les tasser dans une grosse boite en carton pour nettoyer le décor. Chaque Noël, elle prend une photo de ses enfants à côté de l'arbre avec leurs cadeaux. Je ne sais pas pourquoi, mais ce matin je dois forcer mon sourire, je dois dire *cheese* sans le vouloir. Au fond de mon ventre, il y a un grand vide, un trou rempli d'une peine immense. La magie de Noël m'a abandonnée. Je ne comprends pas pourquoi il n'y a rien que je puisse trouver pour remplir le trou. Je ne sais même pas où chercher.

1960

Now she is afraid to come out of the water
And I wonder what she's gonna do
Now she is afraid to come out of the water
And the poor little girl's turning blue
Two, three, four, tell the people what she wore
It was an itsy, bitsy, teenie, weenie, yellow polka-dot bikini
That she wore for the first time today
An itsy, bitsy, teenie, weenie, yellow polka-dot bikini
So in the water, she wanted to stay.[4]

4 *Itsy Bitsy Teenie Weenie Yellow Polka-dot Bikini*, paroles et musique de Lee Pockriss et Paul Vance, interprétée notamment par Brian Hyland, 1960.

Fin octobre 1963

En 1963, il y a cinq-cent-trente-quatre élèves inscrits à la *high school*. Celle-ci existe depuis cinq ans et on a déjà oublié que le concept de consolidation avait éveillé les craintes de certaines personnes. Le son du vibreur exaspère mes oreilles et remue le creux de mes tripes. J'y préfère même le sifflement du vent dans les fenêtres de notre maison en plein hiver, le vent qui refroidit mes pieds nus marchant sur les planchers glacés. En dépit de son cri strident, je me suis mise à guetter le vibreur aussi impatiemment que le début des vacances d'été. Je guette surtout celui qui annonce la fin de la journée.

Parce que j'habite trop près de l'école pour prendre l'autobus, je m'organise pour y arriver aussi près que possible du début des classes, à neuf heures. Ma meilleure amie, Lucie, est toujours là quand j'arrive. Après avoir placé nos vêtements sur les cintres à côté de notre classe, nous marchons d'un bout à l'autre du corridor, comme des automates, pour tuer le temps et pour nous sentir partie de la masse uniforme d'élèves qui déambulent en se frôlant les coudes, comme nous deux, sans destination. Nous sommes fiers d'être les séniors de l'école.

Je ne suis pas une sportive. Lucie ne pratique pas de sport elle non plus, mais elle est membre de la chorale. Au début de l'année, moi aussi j'aurais voulu faire partie de la chorale. C'était ma dernière chance de faire partie d'une activité à l'intérieur de l'école, alors je me suis présentée aux auditions malgré la gêne maladive qui me gantait les mains d'une sueur froide et qui transformait mes jambes en gélatine. J'avais de la peine à respirer lorsque je me suis trouvée devant le directeur de la chorale, qui m'a accueillie avec une mine au sourire effacé.

— Tu as déjà chanté dans une chorale ?

— Non.

— Alors, je vais te demander de chanter quelques lignes. Tu connais sans doute *God Save the Queen*... qui fait partie du répertoire de la chorale.

J'ai figé dans mes souliers.

— Vas-y !

— *God save our gracious Queen... Long live our... glorious Queen...?*

La voix m'a manqué en même temps que je baissais le regard sur mes pieds. Je n'ai pas osé lui avouer que je ne connaissais pas les paroles de cet hymne.

— Ça va, a-t-il dit, tu peux partir.

Le lendemain, mon nom ne faisait pas partie de la liste des membres de la chorale qui fut affichée sur le babillard près de la porte du directeur de l'école. J'aurais voulu sangloter en cherchant à désavouer mon absence de la liste et, deux mois plus tard, j'en ai encore le cœur lourd.

C'est une sœur de charité qui enseigne le cours d'anglais. Les sœurs de charité sont, par définition, plus anglaises que les filles de Jésus ; c'est donc tout à fait approprié qu'elles enseignent l'anglais. Un jour, j'ai demandé à mon père pourquoi il faut appeler les sœurs de charité « sœur » tandis qu'on dit toujours « mère » pour les filles de Jésus. Dans la vie de tous les jours, une sœur et une mère, ce n'est pas la même chose, lui ai-je dit, mais une religieuse, c'est une religieuse.

— Il n'y a pas d'explication, m'a-t-il répondu. C'est juste une habitude.

Il est très rare que mon père n'ait pas d'explication aux questions que je lui pose.

La journée commence par la classe d'anglais. Je préfère les classes de littérature à celles de grammaire. Je n'arrive pas à accrocher un sens aux mots qui sont utilisés pour expliquer la grammaire. Par moments, je me sens coupable de ne pas comprendre et je suis constamment hantée par le spectre des examens provinciaux auxquels je ne pourrai échapper à la fin de l'année. La seule chose qui me rassure, c'est le sentiment d'être capable d'écrire l'anglais sans connaitre les règles de grammaire.

Sœur Julia entre prestement dans la classe, le visage caché sous son bonnet noir retenu en place par une coiffe raide, austère et immaculée. Elle n'est guère plus haute que moi, mais la forme de son bonnet lui donne de la taille.

— Nous continuerons aujourd'hui la lecture du *Rime of the Ancient Mariner*, de Coleridge, dit-elle en indiquant aux gars assis en arrière de la classe de se hâter de sortir leur livre.

— Mariette, veux-tu lire à partir de la page 378, où nous nous sommes arrêtés hier ?

Mon imagination se laisse enjôler par des images floues de la mer, de voiliers et de fantômes jusqu'à ce que paraisse le marin hanté par un albatros mort pendu à son cou. Dans la lecture d'hier, l'albatros était calé au fond de l'eau plus lourdement qu'une pièce de plomb sur une ligne à pêcher. Les illustrations en tons de gris de notre livre se collent à l'envers de la voix monotone de Mariette, qui débite le texte avec peu d'hésitations. C'est elle qui lit le mieux de la classe. Nous le savons tous. Je me perds dans les tournures de la langue de l'époque et je m'efforce de me rattraper avec les quelques rares passages qui résonnent dans ma tête.

Since then, at an uncertain hour,
That agony returns:
And till my ghastly tale is told,
This heart within me burns.

Je regarde Lucie, assise dans le banc à mes côtés. Elle bâille en se passant machinalement la main sur la poitrine. Lorsqu'elle avise mon regard, c'est à mon tour de bâiller. Sœur Julia nous lance un regard réprobateur.

À la récréation du matin, le même scénario se répète jour après jour. Thomas et Richard nous suivent, Lucie et moi, dans les corridors. Ils se pensent suffisamment loin derrière nous pour ne pas se faire remarquer, mais nous avons deviné leur astuce dès les premiers jours de septembre. Ces gars ne nous intéressent pas particulièrement. Ils n'essaient pas de nous parler, toutefois, lorsqu'ils nous rencontrent de front, leur sourire gêné et moqueur nous amuse. Ils sont de notre âge, mais ils ne sont pas encore des séniors. Ce sont des gars du bois. Pas de la côte.

Notre école a été choisie cette année pour faire partie d'un projet pilote. Les cours d'algèbre et de géométrie sont donnés à la télévision par des enseignants de Halifax. La majorité des maisons de la Baie n'ont pas encore la télévision, alors plusieurs élèves ont hâte de se rendre à ce cours, fascinés par le médium plus que par le message. Afin de regrouper les deux classes de onzième année, la direction de l'école a dû transformer en classe un espace de corridor sombre plus grand qu'une classe ordinaire. La semi-obscurité m'aide à m'isoler dans mon monde et à oublier plus facilement que je suis à l'école.

Je préfère la géométrie. L'année dernière, pour nous présenter cette nouvelle matière, l'enseignant a pris toute une classe pour nous parler d'Euclide. Il nous a fait voir comment on peut retrouver le théorème de Pythagore dans une simple boite en carton. Sa première classe a éveillé en moi le gout de devenir architecte, et tout au long de l'année je m'amusais à découvrir dans mon manuel les prochains théorèmes avant qu'ils nous soient présentés en classe. Depuis que j'ai découvert Euclide, j'obtiens presque toujours des notes parfaites en mathématiques. J'aime le fait que les exercices ont seulement une bonne réponse. C'est rassurant.

Le vibreur est à la veille de lâcher son dernier cri du jour. Je sens l'énergie de la classe se transformer en qui-vive pendant que je range les feuilles format légal qui résument les dates et les évènements les plus importants de notre manuel *The Record of Mankind*. L'enseignant nous fournit ces feuilles pour nous aider à mieux nous préparer à l'examen provincial. Je n'arrive pas à découvrir des personnages aussi intéressants qu'Euclide dans mon cours d'histoire. Je pense qu'ils doivent tous être perdus quelque part sous les innombrables dates que je dois retenir pour l'examen. Peut-être même qu'ils ont été tués dans une des guerres d'Europe qui sont présentées en résumé sur mes feuilles.

Je ne sais pas si un jour j'irai en Europe… dans les vieux pays, comme disent les rares personnes de la Baie qui s'y sont rendues. Mon oncle Norbert est allé à la guerre et il s'est fait des amis en France avec qui il échange encore des lettres. Il m'a donné des timbres de France pour ajouter à ma collection et il m'a aussi montré de belles photos à bordure festonnée, en noir et blanc, de la famille qui l'avait un jour hébergé en Normandie. C'est en l'écoutant que je me suis fait une idée de la guerre en Europe. *The Record of Mankind* ne parle pratiquement pas de l'Asie, comme si cette partie du monde est trop loin et qu'elle n'a rien à nous apprendre.

Lorsque le vibreur sonne, je range mon paquet de feuilles pliées en deux entre la page couverture et la première page de mon livre d'histoire. Quand j'aurai reçu ma note d'examen en histoire, si je passe, je me promets de bruler ces feuilles.

Après l'école, je dois me rendre à mon cours de piano

à Saulnierville. J'y vais une fois par semaine, le mardi. En courant parmi tous les élèves qui se faufilent rapidement vers les autobus qui les attendent avec leur moteur fumant, je ne vois pas Richard s'approcher de mon dos. Je sens une main me frôler légèrement l'épaule gauche, et nos pas ralentissent en même temps. C'est la première fois que je suis si près de son visage, et ses cheveux frisés et épais, peignés vers l'arrière, me paraissent particulièrement noirs. Ses dents sont blanches et droites et la moquerie est disparue de son sourire muet. Richard ne dit rien. Moi non plus. L'instant figé fond comme une crème glacée en été et nous reprenons, un tantinet moins vite, notre course vers nos autobus. Je me blottis dans le banc d'en avant contre la fenêtre et je ne remarque même pas qui s'assoit à mes côtés dans le brouhaha de l'autobus qui se met en marche. Ma tête se laisse emplir par des paroles fraichement arrivées d'Angleterre… « *And when I touch you I feel happy inside*[5]. »

Mère Marie-Ange m'attend. Les planchers en bois franc du couvent reluisent d'une propreté qui ne perdrait pas son lustre même si le soleil se mettait à briller sous son angle traitre, qui ne manque jamais de soulever des tas de poussière. Les touches du piano installé près de la porte de la chapelle sont plus blanches que celles de mon piano, comme s'il était tout neuf et que personne ne l'utilise. Comme si on n'y jouait que des pièces classiques. Le son des notes rebondit sur les murs blancs et essaie de se frotter à la senteur de propreté qui habite le couvent, un son empesé, moins moelleux que le son de mon piano. Chez moi, nous avons acheté un vieux piano usé qui a accompagné les chansons de nos aïeux en perdant quelques morceaux d'ivoire en cours de route.

En jouant mes pièces, j'ai parfois l'impression de déranger

5 De la chanson *I Want to Hold Your Hand*, des Beatles, 1963.

le silence sacré de la chapelle. Pourtant, mère Marie-Ange a fermé la porte du lieu de prière lorsqu'elle m'a vue entrer. Contrairement à sœur Julia, le bonnet de mère Marie-Ange repose directement sur sa tête et son visage se voit un peu mieux. Elle est courte, plutôt grassette, et ses pommettes saillantes sont toujours rosées, comme si elle faisait de la haute pression. J'ai de la peine à deviner l'âge des adultes et encore plus celui des religieuses. Leurs vêtements noirs et lourds leur dérobent leur âge. Pour moi, elles ont toutes le même âge. Elles sont toutes plutôt vieilles.

— Alors, on va commencer avec les gammes et les arpèges…

Mes doigts montent et descendent le long du clavier, et elle ne m'interrompt que deux fois pour ajuster l'angle de mon poignet. À chaque leçon, elle me dit de remonter mon poignet un peu de façon à ce que mon bras forme une ligne droite de mon coude jusqu'aux jointures de mes doigts. Mon poignet finit toujours par retomber. Je ne sais pourquoi. Parfois, je me dis que ce n'est pas important et qu'elle dit cela seulement parce que c'est elle qui décide. C'est moins fatigant de jouer avec un poignet mou.

— Tu as bien répété ta nouvelle invention de Bach en si bémol majeur ?

— Oui, je réponds en tournant la tête vers elle.

L'année dernière, j'ai osé lui confier un jour que Bach n'est pas mon compositeur préféré, et aussitôt elle m'a présenté un livre de musique contenant uniquement des inventions de Bach.

— Le travail de Bach est essentiel à une formation musicale, m'a-t-elle dit. Les pièces de ce compositeur sont une très bonne discipline pour toi.

Avec le temps et l'exercice, j'ai graduellement réussi à

apprivoiser le rythme martelé de Bach. Je pense même qu'un jour il pourrait devenir le compositeur que je préfère interpréter. J'ai l'impression d'avoir découvert des qualités géométriques à sa musique.

Quand je m'arrête au bout de la première page de l'invention, mère Marie-Ange me regarde en palpant instinctivement le crucifix qui repose sur sa poitrine et qui fait partie de son habit de religieuse. Ma leçon achève. Soudain, ses yeux empruntent une mine plus sérieuse.

— J'ai téléphoné ta mère aujourd'hui. Je lui ai expliqué qu'avec le montant d'argent investi pour tes leçons, il faudrait absolument que tu commences à faire du solfège. Sinon, tu n'as pas le droit de passer les examens qui te donneraient le certificat officiel correspondant à ton grade de piano. Penses-y sérieusement. Ce n'est pas moi qui décide de ces règlements, c'est le conservatoire de musique. Il y a quand même cinq ans que tu fais du piano. Ce serait un gaspillage de ne pas travailler en vue d'obtenir un certificat pour reconnaitre ton travail.

Sur ces paroles, je sors du couvent et je monte dans la voiture à côté de ma mère assise au volant.

— T'as eu une bonne leçon ? dit-elle comme chaque semaine lorsqu'elle vient me chercher.

— Oui, elle m'a dit que je faisais du progrès avec mes gammes.

Ce n'est qu'autour de la table du souper que la question du solfège est soulevée, en présence de toute la famille. Mon père pose la question de plein front.

— Pourquoi ne veux-tu pas faire du solfège ?

— Je n'en ai jamais fait et je ne comprends pas pourquoi je devrais commencer astheure. Je ne ferai de solfège, j'insiste une dernière fois !

Les connaissances musicales de mon père sont à peu près nulles. Son appréciation de la musique se limite à l'écoute passive, mais j'ai déjà décelé dans sa voix un ton de fierté lorsqu'il dit à certaines personnes que sa fille apprend à jouer le piano. J'ai aussi le sentiment qu'il apprécie que sa maison se remplisse des mélodies que je libère du clavier. Sans le dire, il sait que la musique nourrit l'âme d'un foyer.

— Je veux que tu y réfléchisses sérieusement d'ici demain.

— Je ne ferai pas de solfège ! J'insiste une dernière fois !

En me levant de la table, je m'enferme dans une profonde bouderie, et ma sœur et moi faisons la vaisselle sans dire un seul mot. Aussitôt la vaisselle terminée, je descends au sous-sol faire mes leçons du soir, mais je n'arrive pas à me concentrer sur mon travail. J'essaie en vain de me distraire en invitant Bach à me joindre au piano, mais mes doigts ont perdu le sens du rythme et ils s'enfargent l'un dans l'autre. J'aurais le gout de marteler toutes les notes du clavier en même temps, incessamment, pour faire éclater toute ma frustration dans une cacophonie à tue-tête.

Mais je me retiens. J'emporte mon bouillonnement intérieur dans mon lit. J'enveloppe mon corps fébrile dans l'épaisseur de mes couvertes et je ferme les yeux dans une noirceur qui ne fait qu'accentuer mon désespoir et ma solitude. Je me retourne et je me contorsionne cent fois sous l'emprise du démon qui me hante et qui échappe à ma raison. Je suis prisonnière d'un mal que je ne comprends pas.

Je ne sais pas à quelle heure le sommeil a entrouvert la porte de ma prison, mais je m'y suis abandonnée, noyée dans la conviction que je ne saurai jamais comment accorder ma voix à une note, je ne saurai jamais comment faire de la musique sans instrument. Peut-être même que je ne saurai jamais dire le fond de ma pensée.

Pendant quelques brefs instants avant d'ouvrir les yeux ce matin, je me suis rappelé que, dans les ténèbres de la nuit, j'essayais d'appeler quelqu'un au téléphone pour qu'il vienne me secourir, mais ma voix restait accrochée au fond de ma gorge comme une ancre refusant de se décrocher d'un fond marin pollué par des engins abandonnés. Je n'arrive plus à me rappeler pourquoi je devais être secourue dans mon cauchemar.

Le soleil de ce mercredi matin d'automne resplendit sur la surface de la Baie. Il n'y a pas un soupçon de vent. À la veille du mois de novembre, l'été des Indiens adoucit les peines comme une bénédiction gratuite. Lorsque je monte pour déjeuner, les tensions de la veille se sont dissipées au-dessus de la table de cuisine.

— Si je dois faire du solfège, je vais abandonner mes cours de piano, dis-je d'une voix qui se voudrait réconciliatrice.

— C'est ça ta décision ? dit ma mère. Tu y as bien réfléchi ?

— Oui, c'est ça ma décision.

Mon père, qui vient d'avaler le dernier quartier de son pamplemousse, tempère sa réplique avec un regard désapprobateur.

— Tu le regretteras un jour, ajoute-t-il froidement, et il sera trop tard.

Je pars à l'école le cœur allégé. Mes frustrations ont cédé la place à une culpabilité sournoise plus facile à porter.

La route que j'emprunte pour me rendre à l'école traverse un parc entrecoupé par un ruisseau qui coule allègrement en mêlant son chant à celui des derniers oiseaux qui n'ont pas encore entrepris leur long voyage vers des terres plus chaudes. Quelques vers de terre se laissent saisir par leur bec affamé. J'ai l'impression que l'herbe voudrait reprendre sa verdure du printemps sous la chaleur trompeuse du jour.

Lorsque j'arrive à l'école, Lucie est assise sous les cintres, en train d'amarrer les lacets de ses nouveaux souliers en suède blanc. Elle s'empresse de se lever en m'apercevant.

— Le temps me dure d'aller au *party* de Rose-Marie après l'école !

— Moi aussi, le temps me dure !

— J'ai su qu'il y a une douzaine d'invités.

C'est l'anniversaire de Rose-Marie. Elle a dix-sept ans aujourd'hui. Lucie et moi, nous envions notre copine de classe parce que chez elle il y a un téléviseur. Nous arrivons tous chez elle en même temps après l'école. Le salon est plutôt petit avec son piano, son divan et deux gros fauteuils rembourrés recouverts d'un tissu brun foncé, mais cela ne nous empêche pas de nous tasser devant le téléviseur pour regarder *American Bandstand*. La réception est mauvaise à cause de l'été des Indiens, qui immobilise les courants atmosphériques pour tromper les signaux. Rose-Marie et son frère, Renald, essaient à tour de rôle de faire disparaitre la neige qui blanchit l'image en ajustant les boutons, mais sans succès. Le sourire de l'animateur, Dick Clark, demeure embrouillé dans les images sans couleurs, mais la musique réussit à voyager plus facilement sur les ondes, comme le faisait jadis le personnage légendaire de la Baie qui se déplaçait dans les mêmes airs sur un copeau de bois.

Come on baby, let's do the twist. Personne n'a besoin de se faire prier pour danser sur les paroles de la chanson de Chubby Checker. D'une certaine manière, c'est plus facile de faire le twist que de danser le rock'n'roll. Nos parents se moquent un peu de cette nouvelle mode où l'on danse sans partenaire en imitant par moments les déhanchements rythmés du corps qui retenaient les Hula Hoop autour de notre taille quelques années plus tôt.

La chaleur du salon monte de deux degrés sous l'énergie libérée par la torsion de nos corps d'adolescents. J'aperçois de temps à autre, entre les ondulations et les jeux de bras des amis que je frôle, le twist des Américains de Pennsylvanie qui dansent derrière le voile de neige. Leur chemise et leurs souliers paraissent plus blancs que ceux que nous portons. Les gars sont mieux peignés et les filles sont plus belles que nous. Demain, ce sera Paul Anka qui sera là dans le studio. Ils ont de la chance de danser dans la même pièce que leurs idoles.

Rose-Marie et Renald sont allés à Boston l'été dernier avec leurs parents. Ils ont pu s'acheter des vêtements chez Filene's et ils se sont promenés dans les montagnes russes de *Revere Beach*. Eux aussi ont de la chance. Moi, je ne suis jamais allée aux États.

Renald s'approche de moi pour danser sur une musique plus lente qui invite le contact des corps. Mes cheveux frôlent le bord de sa joue et le bout de mes doigts effleure ses cheveux soyeux qui tombent dans son cou. Je ne danse pas souvent. Mes parents m'ont dit que j'étais trop jeune pour fréquenter les salles de danse, et je ne me suis pas opposée à leur consigne. Même si Renald est plus jeune que Rose-Marie, il a déjà dansé beaucoup plus souvent que moi. J'entends sa voix, camouflée par la musique du téléviseur, qui chante en sourdine les paroles de la chanson qui calme nos énergies au rythme du slow : « *Yes it's gonna be a cold, lonely* « *winter* » */ But I'll fill the emptiness / I'll send you all my dreams every day in a letter / Sealed with a kiss…*[6]

Je ferme brièvement les yeux et je revois, sous les cheveux

---

6 *Sealed with a Kiss*, paroles de Peter Udell et musique de Gary Geld 1960.

frisés de Richard, son sourire espiègle aux dents blanches. Les mains de Renald se promènent discrètement dans mon dos et une chaleur à la fois étrange et agréable brouille mes idées et fait frémir mon corps. Sur le dernier « *sealed with a kiss* », Renald me serre plus fort dans ses bras et, lorsqu'il se détache de moi, il reste surpris de voir mon visage rougir de timidité. Si je l'avais regardé autrement, je pense qu'il aurait risqué un baiser, au moins sur ma joue.

À la fin de l'émission, Rose-Marie sort les 45 tours qu'elle s'est achetés aux États, et nous continuons la danse en attendant que le souper et le gâteau de fête soient prêts sur la table. Nous improvisons un concours de limbo rock sur une autre chanson de Chubby Checker, et c'est Lucie qui gagne sous un concert de sifflements et d'applaudissements.

La mère de Rose-Marie a préparé un fricot au poulet pour le souper. Le fricot ne figure pas aux menus de ma mère. Nous mangeons plutôt de la râpure, qui ressemble à une autre version du fricot, sans liquide. Je raffole de la râpure. En juillet dernier, la tante de ma mère, qui habite en face de chez nous, avait préparé une râpure pour le piquenique annuel des pompiers de Meteghan. Il fut convenu que ce serait mon père qui emporterait sa râpure au piquenique. Mais avant de l'emporter vers l'heure du midi, nous, les enfants, avions eu droit chacun à un morceau. Je vois encore sa croute dorée, sa texture parfaitement lisse, la blancheur de la patate, plus blanche que d'habitude, les généreux morceaux de poulet. Son gout m'est resté dans la bouche comme le souvenir du sable sec et chaud que je laissais couler entre mes doigts d'enfant à la plage et que j'aurais voulu mettre dans ma bouche. La râpure de ma mère est presque aussi bonne que celle de sa tante.

La mère de Rose-Marie et de Renald s'appelle Geneviève.

Elle est toujours de bonne humeur. Je la vois, debout à côté du comptoir, balancer la tête au rythme du twist. J'ai l'impression qu'elle voudrait danser avec nous si elle n'avait pas les mains dans le fricot. C'est plus facile de parler à Geneviève qu'à Lucina. Je pense qu'elle me comprend mieux.

Renald s'assoit à mes côtés à table. Comme les douze apôtres, nous sommes prêts à partager le repas d'anniversaire de Rose-Marie. Les bols de fricot exhalent déjà leur chaleur devant chacun de nous pendant que Geneviève vide du *pop* qui *fizz* dans nos verres.

— Attention, c'est très chaud ! dit-elle. Et… il y en a en masse, si vous en voulez plus.

Je plonge ma cuillère pour brasser les poutines, les morceaux de patate et le poulet afin de réduire la chaleur du mélange. La première cuillérée de liquide me brule la langue, et je la noie aussitôt dans une gorgée de *pop*. Je souffle sur mon plat pour qu'il refroidisse. La masse des poutines est plus dure et plus grise que la râpure de ma mère et ma bouche la reçoit avec une répugnance atroce qui me vire le cœur à l'envers. Je n'aime pas le fricot, il n'y a rien de plus sûr. Mais je ne peux pas décevoir mes hôtes. Sans vouloir laisser paraitre l'état révulsif de mes entrailles, je mets un effort surhumain pour avaler à contrecœur chacune des cuillérées de fricot qui s'obstine à vouloir coller aux parois de mon œsophage. Je tiens le coup jusqu'à ce que mon assiette soit suffisamment vide pour ne pas dévoiler mon tiraillement intérieur. Le gâteau et la crème glacée comblent ma faim et s'avalent tout seuls.

J'ai invité Lucie à passer la nuit chez moi parce qu'elle doit voyager en autobus et que j'habite non loin de Rose-Marie. Nous marchons sur le bord de la route au moment où le soleil commence déjà à peindre ses teintes écarlates sur un fond de nuages clownesques qui pendent au-dessus de l'ile Longue, de l'autre côté de la Baie.

— Attention ! Prends garde, je crie à Lucie en apercevant la *57 Chevy hardtop* noir et blanc à deux portes roulant à une vitesse qui se frotte au danger !

Bobby Boudreau est de notre âge, mais il fait partie de la gang de gars qui ont déjà appris qu'ils peuvent avoir du travail à la Baie, un travail qui paie et qui permet de s'acheter une *car* et de la grogue. Il *slack* un peu lorsqu'il nous aperçoit, le temps que nous voyions mieux sa coupe de cheveux Elvis et que nous entendions quelques accords de la chanson de Bobby Vinton projetée sur les ondes de WMEX à Boston, dans le studio d'Arnie « Woo Woo » Ginsberg. Avant de peser sur la *gas*, il nous salue de la main, le visage animé par ses yeux rieurs qui se moquent de la vie.

— *Showoff* ! crie Lucie.

— Il est fou braque ! j'ajoute.

Jamais nos parents ne voudraient nous voir monter dans la Chevy de Bobby Boudreau. Ce geste mettrait inutilement notre vie en danger. À quelques années d'intervalle mais de façon trop régulière, il y a à la Baie des jeunes qui meurent écrasés à cause des excès de vitesse. Après les faits, les détails de la vitesse restent toujours évidents dans la parlotte des rencontres fortuites au magasin, mais les taux exacts de grogue dans le sang passent sous silence. À la Baie, cette forme de commisération est une manière inconsciente d'essayer d'alléger la peine des familles qui viennent de perdre un enfant.

En route vers Yarmouth, Bobby réduit légèrement sa vitesse pour traverser le village de Meteghan. Il pense au nombre de billots qu'il a abattus samedi dernier dans le fond des bois, au sud du chemin des Fournier. Samedi, son père lui passera ses bœufs pour draguer le bois déjà coupé et ébranché jusqu'à la route afin de l'emporter plus tard au Moulin d'en Bas. Au volant de sa Chevy, il rumine la manière la plus efficace d'attacher les troncs avec ses chaines. Bobby a hâte que la terre gèle afin que les billots glissent plus facilement sur la neige durcie. Il s'estime chanceux d'avoir un père qui a confiance en lui et qui le laisse parfois seul à apprendre comment continuer le métier que lui-même a appris de son père en de pareilles circonstances.

Bobby a toujours au moins cinquante piastres dans le fond de sa poche. Sa chemise blanche, sa Chevy et ses yeux rieurs lui attirent les filles, en particulier celles qui ont le droit d'entrer dans les salles de danse et qui n'ont pas peur du spectre du péché qui plane sur leurs moindres actions et sur leurs désirs secrets. Bobby arrêtera chercher Paulette à Saint-Alphonse pour l'emmener au cinéma.

Ma chambre est au sous-sol à côté du *den*, où se trouve le piano. Cela fait mon affaire d'avoir un étage qui me sépare de mes parents. C'est pratique lorsque je reçois mes amies, comme ce soir. Nous pouvons parler, rire et écouter de la musique sans crainte de nous faire épier. Même si notre maison a déjà sept ans, je sens encore par moments la jalousie des amis qui m'envient de vivre dans une maison neuve et moderne. Ils ne savent pas que j'ai eu terriblement de peine à déménager de la maison de mes grands-parents, qui se trouve à moins d'un kilomètre d'ici. Pendant trois ans, je rêvais constamment d'y retourner, mais j'ai fini par céder à ma peine et, petit à petit, la maison de mes grands-parents est devenue le musée de mes souvenirs d'enfance.

Le lendemain matin, je me réveille avant Lucie, qui ronfle encore sous les couvertes dans le lit à côté du mien. Je m'étire les bras et les jambes comme un chat qui vient de sauter d'une chaise après un long sommeil en plein après-midi.

— Hé, Lucie, réveille-toi !

— Quelle heure est-il ? grogne-t-elle.

— Sept heures et demie.

— Aaah... J'étais en train de rêver que j'essayais de poser une question à notre maitre d'histoire et qu'il ne me répondait pas, comme s'il ne me voyait pas, comme si j'étais invisible... C'était drôle.

— Quelle question voulais-tu lui poser ?

— Euh... J'm'en souviens plus...

C'est l'automne. Le calme saisonnier de la journée d'hier s'est prolongé dans la nuit sous la surveillance assidue de la lumière tamisée de la lune, qui s'est levée hier soir, derrière la cime des arbres, plus grosse, plus ronde et plus orange que jamais. On aurait dit qu'elle lançait un défi au soleil. Mais la lune est plus douce que le soleil, elle nous laisse la regarder en face. Ce matin, elle est encore là, suspendue au-dessus de la Baie, où elle tient entre ses mains une marée exceptionnellement basse qui laisse voir, à côté de la barre des Maréchals, un platin recouvert de l'algue verte qui se faufile comme de l'ouate entre nos orteils sous le soleil d'été. On dirait un gazon en pleine mer.

— Regardez, les filles, on voit les deux astres ce matin, dit Lucina.

Nous trottinons de la cuisine au salon et du salon à la cuisine pour observer le phénomène rare que l'on remarque davantage à ce temps précis de l'automne et au printemps. La lune blanchit à vue d'œil sous la lumière envahissante du soleil. Avant de se laisser choir derrière l'ile Longue, elle est presque complètement effacée.

— Une vraie belle gelée blanche, dit Alcide, la première

de l'automne.

Lucie et moi, nous nous arrêtons un moment au ruisseau qui traverse la route menant vers l'école. En bordure du ruisseau, le froid de la nuit a formé un morceau de glace mince et étroit au-dessus du flot de l'eau. À gauche et à droite du pont, nous donnons chacune un léger coup de pied à la glace pour la briser et la regarder disparaitre dans le mouvement de l'eau, comme si nous voulions dire à l'hiver d'attendre encore un peu avant de s'installer.

— J'aime le son de la glace qui casse.

— Moi aussi.

— Ça sonne comme un verre à vin qui vole en éclats.

Le soir après l'école, quand je reviens seule par la même route, l'été des Indiens a repris sa magie et sa chaleur s'est infiltrée entre les brins du foin brun couché çà et là parmi les broussailles de gratte-grattes qui dominent le terrain. Je m'agenouille sur le foin pour examiner de plus près ces fruits rouges. J'en écrase un pour voir combien de graines il y a à l'intérieur et je respire son parfum douçâtre en me demandant quel est le vrai nom du fruit du gratte-gratte. J'ai toujours trouvé ce nom bizarre même si je sais qu'il fait allusion aux épines de la plante. Dans ma famille, nous disons gratte-gratte, mais il y d'autres familles qui disent gratte-tchu, ce qui fait rire les jeunes enfants.

— Hé !

Je sursaute, me pensant isolée du monde dans mes réflexions.

— Il fait vraiment beau aujourd'hui, dit Renald avec un grand sourire.

— Oué, dis-je, surprise de le voir là parce que jamais auparavant je ne l'ai vu marcher sur cette route.

— T'as aimé le *party* de ma sœur ?

— Oué… C'était le *fun* de danser.

Nous nous regardons dans un silence complice, chatouillés par le souvenir des paroles « *sealed with a kiss* ».

— Viens, dit-il en me guidant vers un nid de foin caché de la route par les broussailles.

Sans rien dire, nous déposons nos sacs à livres un par-dessus l'autre et nous nous agenouillons tout en regardant si nos têtes se voient au-dessus des gratte-grattes.

— Couchons-nous, dit Renald au moment même où s'envole une perdrix en finissant d'avaler une graine de laurier à côté d'un pissenlit solitaire qui s'est trompé de saison.

Nos bras s'enroulent autour de nos tailles et nos corps se collent l'un à l'autre avec l'assurance des gros aimants que nous utilisons au laboratoire de physique. J'accueille avec toute la force de mes muscles les jambes de Renald, qui cherchent à se glisser entre les miennes. L'épaisseur de nos vêtements d'automne fond sous l'énergie qui brule dans nos veines avec la force d'un ouragan. Nous voudrions rester là, enlacés, jusqu'à la fin des temps.

— Ça *feel* bien, dit Renald en se dégageant légèrement la tête pour me voir le visage.

— *Oh yeah !*

Et cette fois, nos lèvres se laissent embrasser comme si ce n'était pas la première fois. Renald glisse sa main sous mon chandail. Je veux coller encore plus fort mon bassin contre le sien. Je veux tout ressentir, tout savoir, tout comprendre, tout gouter, tout relâcher.

— Non, dis-je en retirant doucement sa main de ma poitrine. Ce n'est pas bien.

— Comment ça peut être mal et si bon en même temps ?

— J'sais point…

Nous restons encore quelques minutes figés sur le foin d'automne, le temps de laisser mijoter le mélange de satisfaction et de regrets qui cherchent à s'apaiser dans l'œil de l'ouragan. L'écho de trois coups de fusil successifs se fait entendre au loin. La chasse au chevreuil vient de commencer.

Je rentre chez moi en passant par la porte du sous-sol parce que je crains que mon visage n'affiche un air de culpabilité. J'ouvre mon cahier d'exercices, mais les problèmes d'algèbre prennent plus de temps à résoudre que d'habitude. Le soir, je m'endors dans une autre nuit de gelée blanche en pensant qu'un matelas de foin desséché, c'est mieux qu'un siège de Chevy. Bobby était absent de l'école aujourd'hui. Sur le point de m'endormir, je vois se défiler dans ma tête l'image au ralenti d'un chevreuil qui prend son dernier saut élégant pour s'effondrer dans un amas de feuilles mortes et des éclaboussures de sang. Une peine perçante me saisit le cœur.

Le mercredi 13 novembre

Depuis que l'on a reculé les bras de l'horloge il y a quelques jours, je me sens plongée dans les ténèbres installées entre l'orange des faces de citrouille et le rouge des lumières de Noël. Les veillées me paraissent plus longues parce que je ne songe plus à sortir après qu'il fait noir. J'en profite pour m'exercer au piano un peu plus longtemps et, avant de m'endormir dans mon lit, je lis mes livres de Trixie Belden ou les dernières bandes dessinées de Lulu ou d'Archie, que j'achète dans la minuscule *shop* de *funnybooks* à Florence, qui sent toujours le papier et l'encre de couleur quand j'ouvre la porte.

Ce matin, avant de partir pour l'école, j'ai senti qu'il y avait quelque chose de pas normal dans la maison. Je n'avais pas de raison particulière de penser qu'Alcide et Lucina cachaient un secret spécial à leurs enfants, mais pendant toute la journée, à l'école, l'intuition n'a pas cessé de chatouiller un coin obscur de mon âme. Au son du dernier vibreur, je me précipite dehors en cherchant furtivement à apercevoir notre maison entre la silhouette de la maison et celle de la grange du voisin d'en face. Ça y est ! Une antenne de télévision est bel et bien visible sur le toit de notre maison ! Je me mets à courir aussi vite que possible jusqu'à ce que le poids de mon manuel d'histoire, ajouté à mon *Adventures of English Literature*, me coupe l'haleine et me force à reprendre un pas normal.

— J'avons un *TV* ! je crie en ouvrant la porte. J'avons un *TV* ! ! ! J'me méfiais que j'étions à la veille d'avoir un *TV*... dis-je sur un ton d'excitation en lisant la fierté à peine dissimulée sur le visage de ma mère.

Il y a des mois que nous demandons un téléviseur à

Alcide et à Lucina, mais nous recevions toujours la même réponse : l'argent ne pousse pas dans les arbres et la nouvelle maison a couté cher. En fait, depuis que la maison est bâtie, Alcide n'achète plus de voitures neuves, il en achète qui ont deux ans d'usure mais qui sentent encore le neuf, et souvent elles ressemblent encore au nouveau modèle de l'année.

Avant le souper, les enfants de la famille s'enveloppent dans un silence devant le téléviseur dans le petit salon qui se trouve à côté de la cuisine. Nous ne dansons pas pendant *American Bandstand* parce que nous n'avons pas eu le temps d'inviter nos amis à se joindre à nous. Carguée sur mon divan, j'envie les jeunes de Pennsylvanie qui dansent maintenant dans mon *den* en passant par ce meuble animé qui occupera désormais dans notre maison une place plus importante que la radio. Ce sont eux qui ont la vedette.

Autour de la table au souper, les paroles d'Alcide ont l'effet d'un sermon du dimanche.

— N'oubliez pas que ce sont vos études qui passent en premier. Je ne veux pas vous voir perdre trop de temps devant ce téléviseur.

Malgré cet avertissement, après le souper, je reprends ma place sur le divan pour enfin regarder chez moi mon émission préférée : *The Rifleman*. Depuis au moins deux ans, le fils de Lucas McCain, Mark, est mon idole. Il a le même âge que moi, et je trouve qu'il est le plus beau gars du monde. Dans la vraie vie, il s'appelle Johnny et il a aussi des chansons sur le *hit-parade* américain.

Lorsque j'entends la détonation des coups de *rifle* qui lancent l'émission, mon cœur se met à battre plus vite, jusqu'à ce que les coups se perdent dans la musique qui s'anime sous le rythme d'un galop de cheval. Le bruit et la puissance des coups de *rifle* me dérangent, comme une peur intense devant un grand danger, différente de toutes les autres peurs que je connais. Mais je sais que, dans les films de cowboys, ce sont toujours les bons qui gagnent et cela me rassure. Je me demande parfois s'il y a encore de vrais cowboys aux États-Unis, dans les déserts sablonneux de l'ouest où il ne pousse que d'immenses cactus et où l'on peut voir de grosses boules d'arbustes se laisser pousser par le vent qui siffle. C'est à la télévision, parmi les cowboys, que j'ai vu pour la première fois de vrais Indiens. Dans nos livres d'école, les illustrations d'Indiens sont toujours des dessins en noir et blanc, des contours de corps sans dimensions et sans âme. Dans les films de cowboys, on ne les voit ni du côté des bons, ni du côté des mauvais et ils parlent toujours avec des phrases courtes qui évoquent les animaux et les esprits de la terre.

Alcide a deux fusils qu'il utilise pour faire la chasse au lapin en hiver. Je n'ai jamais entendu les coups de ces fusils et je n'ai jamais eu la curiosité de les prendre dans mes mains. Je ne sais pas s'ils me feraient aussi peur que le bruit des *rifles* que j'entends à la télévision. Mon père ne m'a jamais demandé de l'accompagner à la chasse. L'automne dernier, un chasseur de la Baie s'est fait tuer mais, contrairement aux bons qui tuent les mauvais dans les films de cowboys, c'était un accident.

Après le *Rifleman*, je descends au sous-sol pour faire mes devoirs à la hâte afin de remonter à temps pour voir *Dragnet*, qui commence toujours sur les mêmes paroles : « *The story you are about to see is true. Only the names have been changed to protect the innocent…* »

Le vendredi 22 novembre

Le vendredi 22 novembre commence comme tous les autres vendredis. J'ai le cœur allègre en arrivant chez moi après l'école devant la perspective des deux jours de liberté qui s'annoncent. Ma mère n'est pas dans la cuisine. J'entends sa voix qui se mêle aux paroles d'un annonceur à la télévision.

— Viens ici, me crie-t-elle d'une voix consternée. Le président Kennedy s'est fait assassiner !

— Quoi ? dis-je sur un ton incrédule, assassiner ?… Non, pas assassiner…

— Oui, ce midi, à Dallas.

— Il est mort ?

— Oui, il est mort. Terrible. Terrible…

— J'peux point le croire.

Les images à la télévision le confirment. Voir pour croire. Pas besoin de voir le sang en rouge ; un assassinat en noir et blanc est tout aussi vrai. La voix du chef d'antenne, Walter Cronkite, ne parle plus de guerre terminée, mais d'une guerre sur le sol américain qui vient de faucher le pilier de l'*American Dream*. Un homme, un président, un pays, un rêve… fauchés par trois coups de *rifle*. Trois coups qui ne sont pas un accident. Pendant toute la fin de semaine, je reste clouée au téléviseur, comme si plus je vois d'images, moins ce sera pénible. La télévision produit un effet contraire. Ma sœur pleure incessamment.

Mes deux plus jeunes frères jouent encore avec notre puzzle des États. Chaque État est un morceau différent. C'est avec ce puzzle que j'ai appris la géographie de ce pays. Je plaçais toujours le Texas en premier parce qu'il était le plus gros morceau et qu'il s'accrochait bien au cadre cartonné à la frontière du Mexique. Dallas est au Texas. Sur le morceau du Montana, il y a une brebis blanche, et sur celui du Texas, il y a un cowboy avec un lasso. Je me rappelle des paroles d'un Texan, un ami de mon père, qui a dit l'été dernier avec son *southern drawl*: « *Everything is bigger and better in Texas.* » De temps à autre, mon père répète cette phrase sur un ton moqueur.

Je suis plus habituée à l'accent du Massachusetts qu'à celui du Texas, à cause de la parenté de Boston qui nous visite tous les étés. Entre amis, nous nous amusons à imiter cet accent. C'est facile. J'aimais l'accent de JFK. Il m'inspirait confiance. J'aimais son visage carré, ses yeux pensifs, sa chevelure touffue, sa stature d'Américain. J'aimais sa femme et ses enfants. Pour moi, ce sont eux le vrai roi et la vraie reine. La princesse, c'est Caroline; le petit prince, c'est John-John. C'est lui, JFK, qui nous a tirés de la torpeur de la crise cubaine l'automne dernier, qui a apaisé la peur qui a pris racine dans les bombes d'Hiroshima et des iles Bikini, une peur qui s'est rendue jusqu'au fond de l'âme des gens de la Baie.

Quand l'édition spéciale du magazine *Life* arrive à la maison, ma sœur et moi, nous nous assoyons sur le divan pour regarder toutes les grosses photos en couleurs, imprimées sur un papier glacé qui redonne vie à JFK. Cette édition du *Life* ne sera pas jetée à la poubelle comme les autres; elle sera placée sur une étagère de la bibliothèque de mon père, à côté de l'encyclopédie et de ses livres d'histoire écrits par les prêtres venus de France pour fonder un collège à la Baie, à côté du livre sur la littérature orale de la Baie. Mes livres à moi sont dans une autre bibliothèque dans ma chambre.

> « *It was such a wonderful time,* » *says Johnny.* « *There was a quality in almost everything in those days – the clothes, the architecture, the furniture, the cars and especially the music.* »[7]

7 *www.celebhost.net/johnnycrawford/.*

MA FILLE EST À PARIS

J'ai deux enfants, des jumeaux. Lorsqu'ils sont nés, mon mari, Robert, et moi avons décidé, par un raisonnement qui s'apparente à un jeu d'enfant, de choisir des noms qui commençaient par la lettre « A ». Cela leur donnerait peut-être un avantage dans la vie. Ils figureraient toujours parmi les premiers, au moins dans les listes de prénoms classés par ordre alphabétique. Ce serait particulièrement utile dans un milieu où il y a plusieurs personnes qui portent le même nom de famille... ce qui est notre cas. Robert s'est arrêté sur le nom « Alexandre ». Il m'a avoué qu'il avait toujours aimé ce nom, qu'il associait au personnage de l'Antiquité Alexandre le Grand.

> *Le mythe d'Alexandre s'explique principalement par ses prétentions à la conquête universelle. Cette aspiration, à la fois impossible et presque réalisée avant qu'il ne soit foudroyé à l'âge de trente-trois ans, eut pour conséquence – durant un temps très court – une unité politique jamais retrouvée ensuite entre l'Occident et l'Orient.*[8]

Ma prédilection pour le nom « Ariane » a refait surface. Le cinquième enfant d'Alcide et Lucina a été un garçon,

8 *http://fr.wikipedia.org/wiki/Portail:Histoire_militaire/Lumière_sur.../Archives.*

alors le nom que j'affectionnais est resté inutilisé dans la famille. Même avant de connaitre l'origine mythologique de ce nom et son utilisation subséquente dans des programmes d'engins spatiaux destinés à conquérir l'espace, c'est la sonorité du nom qui me plaisait. Le nom est court et simple. Il comprend le nom « Anne », que j'aime bien aussi. C'est un nom joyeux : a-rit-Anne ! C'était peut-être un peu égoïste de ma part mais, en choisissant le nom, j'ai même pensé qu'à certains moments Ariane me tendrait peut-être un fil qui m'aiderait à retrouver mon chemin dans les labyrinthes de la vie.

Ariane est à Paris et nous communiquons régulièrement par courriel. Nous pourrions utiliser le service téléphonique par Internet ou nos *Webcams* plus souvent que nous ne le faisons, mais avant qu'elle parte pour compléter ses études, nous avons convenu d'utiliser la parole écrite comme principal moyen de communication. Cela nous obligerait à développer nos styles d'écriture. Nous étions conscientes du fait que la discipline d'écriture que nous nous imposions nous aiderait chaque jour à préciser nos idées, et ce serait un moyen de conserver nos échanges d'idées au cas où nos réflexions pourraient un jour avoir un quelconque intérêt.

La vie à Paris me plait toujours autant que l'année dernière. J'aime surtout le fait que cette année j'ai beaucoup de temps libre... seulement six heures de classe par semaine... ce qui me permet de visiter les marchés, les musées et les galeries d'art, de voir un cinéma qui défie le cinéma américain, de faire de nouvelles rencontres et de voyager un peu les fins de semaine avec mes nouveaux amis. Et bien sûr, j'ai beaucoup de lectures à faire.

J'ai peu de temps pour t'écrire en ce moment, mais je voulais te dire que je dois préparer un travail semestriel pour mon cours d'anthropologie sociale et j'ai choisi pour titre : Éléments socioculturels de l'évolution de la langue dans un milieu rural. Il va sans dire que j'ai choisi comme étude de cas le milieu que je connais le mieux, celui où j'ai grandi. Jusqu'à présent, j'ai trouvé un certain nombre de documents sur le Web, mais je serais vraiment intéressée à connaitre l'expérience subjective d'une personne qui a vécu la vie de collège pendant les années 60. Pour une raison ou une autre, c'est un sujet dont nous avons rarement discuté ensemble. Y a-t-il une raison pourquoi ce sujet est resté tabou entre nous deux ? Comment était la vie de collège en ton temps ? As-tu des anecdotes qui pourraient m'intéresser (et peut-être même faire sourire mon prof parisien !) ?

Envoie-moi tes informations par tranches, à mesure que tu les écris, si cela te convient mieux. Le travail est dû dans six semaines. Merci, et à la prochaine ! Je t'embrasse.

J'ai lu avec intérêt ton courriel, que je viens tout juste de recevoir. Non, je t'assure que mon expérience au collège n'a rien de tabou. Je n'ai rien à te cacher. Le passage des années a tout simplement rangé le vécu de ces années-là dans l'oubli, comme le cimetière qu'on a voulu effacer de la mémoire dans le parc national Kouchibouguac.

D'abord, je pense qu'il est intéressant de te dire que j'ai choisi d'aller au collège une année avant d'avoir terminé mon école secondaire parce que je voulais sortir de l'école le plus vite possible, elle m'étouffait. C'est fou, mais je ne pouvais pas me voir monter sur l'estrade pour recevoir mon diplôme avec les talons hauts qui étaient à la mode dans le temps. Cela me donnait la frousse, me hantait. Aujourd'hui, la légèreté de mes tracas de jeunesse me fait sourire, mais dans le temps ils avaient une puissance à faire éclater les nerfs.

Le collège fut pour moi une porte de sortie, un autre monde, isolé et sécurisant, qui a duré quatre ans. Il m'arrive de penser que le collège était ce que l'école aurait dû être. La réponse à la question posée par le titre d'une pièce de Broadway que j'ai eu l'occasion de voir plus tard : *Is there life after high school? Yes.* Oui !

Certes, il y avait la rigidité de l'uniforme à porter, le blazer bleu marine, la jupe grise et la blouse blanche (mais nous pouvions porter les souliers de notre choix !). L'uniforme ne m'a jamais déplu. Au contraire, il se mariait bien aux autres règlements de « la maison », comme disaient les prêtres, et je n'avais pas à me tracasser chaque matin pour savoir quoi porter. L'habillement n'était pas important. Il n'était pas une manière de se faire remarquer ou de se donner confiance.

Ma première année au collège, la troisième année où les

filles y étaient admises, nous devions manger à la cafétéria en silence à une table réservée pour nous, les « demoiselles ». Quatre ans plus tard, nous avions le droit d'aller dans les chambres des gars en résidence. Je mentionne ce détail juste pour te donner une idée de l'évolution des valeurs et des règlements en si peu de temps. Enfin, cela faisait partie des changements qui ont balayé les fameuses années 60 !

Mais j'imagine que tu veux surtout connaitre comment j'ai pu faire la transition aux études dans la langue de mes ancêtres, ce qui n'était pas le cas à l'école. Je ne me rappelle pas avoir été consciente d'un besoin de séparer la langue de la matière au collège. C'était toujours la matière qui avait préséance et nous la discutions de façon tout à fait spontanée en français. Les cours de philosophie et de littérature française, en particulier, suscitaient dans la salle d'étude des filles, où nous nous retrouvions entre les classes, des discussions interminables et passionnées. À l'intérieur des murs du collège, nous nous trouvions à mille lieues du milieu auquel nous retournions chaque soir en sortant par la porte. Si près, mais si loin.

Je me rappelle les longues feuilles de *foolscap* que nous devions utiliser pour rédiger nos travaux de recherche. Je préférais écrire avec une plume à encre plutôt qu'avec un stylo à bille. L'encre coulait plus facilement et l'épaisseur des lettres était plus uniforme. Le texte se lisait mieux. Je me rappelle qu'Anna nous avait dit un jour qu'elle venait de découvrir la tournure « il s'agit de », qu'elle avait fait sienne et qu'elle utilisait fréquemment pour donner de la fluidité à ses rédactions.

Je me souviens de la pure excitation de recevoir les corrections de notre professeur aux connaissances encyclopédiques en littérature, qui avait la réputation d'être très exigeant.

Enfin, je me souviens des mots de notre philosophie thomiste : être, essence, existence et puissance ; la substance et les accidents ; les arguments. En t'écrivant ces phrases, je fais une recherche Google pour me remémorer l'univers oublié de l'intellect. La phrase suivante saute à l'écran comme une abeille sur une fleur de tournesol et donne souffle à un bref *flashback* de mon cours de philo : « Être en acte c'est donc avoir une *existence complète*, tandis qu'*être en puissance* c'est n'avoir qu'une existence incomplète. » Plutôt que de te référer directement à sa source sur le Web, je me permets de couper-coller le passage suivant qui, je pense, pourrait s'appliquer non seulement à la philosophie, mais aussi à la langue.

> *Avant de rentrer dans les différents traités philo-so-phiques, il convient de faire un petit tour par les notions fondamentales. Cette méthode a ses avantages comme ses inconvénients. Les avantages en sont qu'une fois ces notions connues (on n'osera pas dire maitrisées) il sera alors plus aisé de se mouvoir dans les textes de saint Thomas, et surtout de saisir les subtilités du langage thomiste.*
>
> *Cependant, il faut en être conscient, cette méthode présente un gros défaut, qui pourrait même devenir un handicap majeur si on n'y prenait garde. Elle risque en effet de donner de la philosophie une image de puzzle où pour comprendre il suffirait simplement de trouver l'ordre dans lequel il faille placer les mots. Ceci serait catastrophique, nous ne devons jamais oublier que le véritable philosophe vit véritablement sa philosophie, c'est-à-dire qu'en lui les concepts sont actués et que par conséquent il s'élève par sa réflexion. Nous aurons à revenir sur ce point en*

psychologie. Ce qu'il faut retenir pour le moment c'est que ces concepts, que nous allons étudier et employer, doivent être compris et non pas seulement appris.[9]

Ce texte pourrait t'offrir au moins une piste de réflexion pour guider tes recherches sur la langue. Je retiens en particulier la différence entre « compris » et « appris », qui me parait particulièrement pertinente dans le contexte du genre de recherche que tu te proposes de faire. Je te laisse donc avec ces quelques bribes de souvenirs qui, ma chère Ariane, ont ranimé chez moi la constatation que chaque jour le monde dans lequel nous vivons ne cesse d'accroitre les écarts entre les générations. Deviendra-t-il un jour nécessaire de redéfinir le concept même de génération ? Soudain, je comprends pourquoi le mot « collège » est devenu « université ».

Mange pour moi un bon croissant frais au chocolat qui laisse du vrai beurre de Normandie sur le bout des doigts ! Je t'embrasse.

9 *www.salve-regina.com/Philosophie/Ontologie.htm.*

MAME@LABAIE

Mame, t'es *really awesome* ! *Sorry...* Non, je ne devrais plus avoir besoin de m'excuser, penses-tu point ? C'est *friggin* point aisé d'écrire icitte à Paris par boutes.

Okay, okay, je reprends mon sérieux. C'est devoir accompli pour le croissant. J'en ai mangé deux, pour respecter la forme. C'est tellement agréable de trouver une pâtisserie à deux coins de rue de son appartement.

Je me suis reconnue dans le parallèle que tu fais entre la langue et la philosophie et je comprends mieux où diriger ma recherche. Ce qui demeure plus difficile à imaginer pour moi, c'est l'isolement auquel tu fais allusion en parlant des murs et de la porte du collège. Pourrais-tu m'en parler un peu plus ? Le concept d'isolement me parait essentiel.

Merci et *hugs*.

Il faut que tu imagines le contexte de l'époque. Et je sais que cela peut être difficile pour toi. Tu dois forcer ton imagination à remonter la ligne du temps, à feuilleter les années et les décennies.

À l'intérieur des murs, il y avait des prêtres et des gars. À part les quelques profs laïques qui faisaient partie du personnel, la majorité d'entre eux étaient québécois. Nous gravitions dans un monde masculin de soutanes et de blazers, de philosophie, de littérature et de direction spirituelle.

En principe, nous devions chacun avoir un directeur spirituel qui acceptait de nous rencontrer au besoin. Il jouait le rôle des psychologues et des orienteurs d'aujourd'hui, mais en examinant nos préoccupations à travers un filtre religieux. Plusieurs élèves avaient seulement un directeur « pour la forme ». À l'époque, j'essayais encore de comprendre les paraboles du langage religieux et je ne peux pas dire que la direction spirituelle m'a donné la clé de ce langage. Je laissais plutôt ce langage s'envoler dans le souffle de l'orgue qui me caressait les oreilles dans la chapelle.

Chaque matin, j'avais hâte de me rendre au collège. C'est la seule période de ma vie où je me rappelle ne pas avoir eu hâte au vendredi. Le souvenir que je garde des concerts de musique classique, des spectacles de théâtre et du sentiment d'appartenir à la fanfare sont comme le glaçage sur un gâteau de fête, et encore aujourd'hui il m'en reste un gout de vanille qui donne un certain arôme à ma création.

Ariane, je me rends compte qu'il y aurait matière à roman dans les années vécues là ! Mais je reviens à ta question d'isolement. Les gens de la région qui y travaillaient, dans la cuisine et au nettoyage, portaient presque toujours un visage de silence. Le monde des quais et des bucherons de la Baie ne figurait pas dans les livres de l'ancienne bibliothèque, qui sentait la poussière et la chaleur étouffante. On n'y trouvait que des livres de référence pour nos cours classiques, des livres aux pages fines comme celles des missels de la chapelle et des livres à couverture souple et aux pages plus épaisses et moins blanches. La Baie n'était pas classique. C'était presque un accident que le collège se soit trouvé là. Il aurait pu être ailleurs, à Paris même, j'imagine, et la formation n'y aurait pas été plus classique.

L'accent des voix masculines que j'entendais dans les couloirs était comme une musique. À cause de la différence. Si ça sonne différent, nous imaginons souvent que c'est mieux. Et si nous imaginons que c'est mieux, nous pourrions croire que nous sommes inférieures. L'idée que nous étions moins bonnes nous trottait constamment dans la tête, mais les prêtres ne nous le faisaient pas sentir comme un reproche. Ils se présentaient eux-mêmes comme modèles du bien et du bon, parce que c'était leur vocation. Les lois de la langue et de la vie spirituelle s'entremêlaient l'une dans l'autre comme une chanson qui colle à sa musique, sans dissonance. Nous n'avions qu'à imiter et à aspirer. Dans ce temps-là, il existait une perfection à atteindre à force de travail et de discipline, sans poser trop de questions. Sans le savoir, nous vivions à une époque idyllique qui tirait à sa fin.

Les gars avaient des disques de chansonniers qu'ils nous prêtaient et que nous écoutions par moments dans des boites à chansons. Aznavour, Brassens et Brel nous ouvraient le cœur aux battements de l'âme poétique des vieux pays, à une poésie beaucoup plus parlante que la *Chanson de Roland*, à des mots qui faisaient suer et qui faisaient vibrer notre âme profonde, comme s'ils retrouvaient une vie depuis longtemps perdue. À l'extérieur de notre boite à chansons, le vent de la Baie soufflait des airs de Johnny Cash et des *hurtin' songs* du country. Je me défendais de les écouter. Le country m'ennuyait, un ennui dépressif qui me faisait mal à l'âme. Je ne voulais pas faire partie de l'univers nu du country. Je n'écoutais plus WMEX. Je tournais le dos aux États. Je devenais différente.

À la fin de nos années derrière les murs du collège, nous avons ouvert les portes, nous avons fait éclater la bulle protectrice pour aller célébrer ailleurs la réussite de notre préparation à nos avenirs personnels grouillants de promesses. « Moi, je t'offrirai / Des perles de pluie / Venues de pays / Où il ne pleut pas. / Je creuserai la terre / Jusqu'après ma mort / Pour couvrir ton corps / D'or et de lumière[10]. » Ce jour-là, les airs de Brel nous trottant dans la tête, nous avons accroché blazers, soutanes et jupes pour aller passer une journée dans les iles de la Baie. On dit qu'il y a trois-cents-soixante-cinq iles dans la Baie, une pour chaque jour de l'année. Nous n'en avons visité qu'une.

C'était au printemps, au début d'avril, alors que la brise est encore fraiche, que les coquilles fermes du homard sont grasses en chair et que les capitaines se permettent de relâcher leur poigne sur la roue de leur navire. Les bateaux qui nous emmenaient aux iles brillaient des couleurs des chandails et des *jackets* qui nous rhabillaient à l'image de la Baie. Les gars et les prêtres riaient plus qu'ils ne parlaient, abandonnant leur accent au vacarme du moteur. Et nous, les filles, nous les regardions d'un autre œil, nous regardions leurs corps d'étudiants qui bougeaient comme des corps d'hommes aux bras invitants. Dans l'ile, nous observions leurs bouches dévorer la chair du homard cuit dans la vapeur

10.*Ne me quitte pas*, paroles et musique de Jacques Brel, 1959.

mijotée sous une couverte de goémon mouillé et lisse, puisé dans l'eau limpide de la mer. Nous y mêlions du vin et de la bière. Juste assez pour que nos corps se frôlent sans remords. Les collégiens devenus hommes retourneraient au Québec aimer des femmes qui parlaient comme eux à l'intérieur d'autres frontières. Différentes. Dans un pays que j'imaginais plus « actué » que le mien. La grande majorité d'entre eux ne croiseraient plus jamais notre route. Ils se perdraient dans le quotidien de leur vie et leurs enfants ne viendraient jamais à la Baie.

L'accostage au quai du village sentait la morue et le jus de homard. Nos cheveux collaient sous l'humidité du salange et nos jambes étaient encore habitées par la vibration du bateau en cherchant à se défaire du ballant de la mer. Dans l'autobus du retour, je me suis assise à côté de François, et nous avons parlé d'autre chose que de philosophie.

Ariane, je suis fascinée de voir à quel point les menus détails du passé me reviennent à l'esprit quand je prends le temps de m'écouter. J'ai lu quelque part que nos milliards de souvenirs sont enfouis dans chaque cellule de notre corps. Je ne comprends pas comment cela peut se faire. C'est pour moi aussi mystérieux que la croissance fulgurante des mémoires d'ordinateur. Peut-être qu'un jour ces deux types de mémoires ne deviendront qu'une.

Je t'embrasse bien fort. J'aimerais bien être avec toi ce soir. J'aurais le gout d'aller voir un film d'humour dans un vrai cinéma.

Merci infiniment pour ton dernier courriel. Il a eu sur moi l'effet d'une invitation à un repas gastronomique dans un restaurant cinq étoiles.

J'espère que mon silence de trois jours ne t'aura pas trop inquiétée. Quasiment par hasard, j'ai rencontré deux couples de la Baie de passage à Paris qui m'ont invitée à passer le weekend dans un château de Bourgogne qui, semble-t-il, aurait pu appartenir à nos ancêtres. Inutile de te dire que j'ai sauté sur l'invitation comme un chien qui attend que son maitre lui ouvre la porte de son camion.

Le château, transformé en gite, n'avait pas de connexion Internet (c'était bien mieux comme ça!). Je me suis laissé tremper dans l'atmosphère de cet immense logis en pierre, cinq fois centenaire, aux plafonds élancés et aux escaliers grandioses en marbre. J'avais quand même emporté mon ordi et, en relisant ton dernier courriel, j'ai eu l'idée de créer un autre milieu que le mien aux fins de mon travail de recherche. J'ai pensé qu'en établissant un contraste entre deux milieux je comprendrais plus clairement le mien.

Tu ne croiras pas ce qui s'est produit. C'était plus que *cool*, c'était *chill*! Seule dans mon lit, celui de la plus petite chambre du château, j'ai ouvert mon ordinateur avant de m'endormir et j'ai commencé à écrire un texte qui ressemble plus à un roman qu'à un travail de recherche universitaire. C'était tellement *chill* que je n'ai pratiquement pas dormi de la nuit, et j'ai refait la même chose la nuit suivante jusqu'à ce que le sommeil s'installe dans la douleur de mon dos. On aurait dit que les idées et les images qui dansaient sur mon clavier émanaient des murs. Peut-être que les murs sont eux aussi constitués de cellules gardiennes de souvenirs. Je sais astheure que les murs ont une âme.

De retour à Paris, j'ai déjà une dizaine de pages qui attendent impatiemment que je les étoffe avec plus de chaleur avant que les ruelles de Paris ne se revêtent de leur froideur d'hiver. Je t'enverrai sous peu ma première ébauche. J'ai choisi pour titre : *Laville.* Tu verras pourquoi en lisant le texte.

Je crains un peu que *Laville* ne prenne trop de temps, et même trop de place, par rapport au travail de recherche que je dois soumettre, mais peu importe… *frig* ! C'est ce qu'il me tente d'écrire et je n'ai aucune intention de résister à la tentation.

Qu'en penses-tu ? Peut-être que tu auras des conseils à me donner. Un jour, nous retournerons ensemble au château. Nous emmènerons Alexandre. Je suis sure qu'il se *varguerait.* (Je pense que le verbe « se varguer » vient du verbe « se targuer ». Ce serait logique. J'y vois une similitude de sens.)

Merci, Mame, de m'avoir permis d'être ici à Paris. Je ne te remercie pas souvent assez. Comme on dit ici, je suis choyée et, en plus, j'en suis consciente. Je t'envoie mon ébauche demain. Je veux la peaufiner un peu avant que tu me lises.

P.-S. : Ton récit m'a donné le gout du homard, mais son prix à Paris n'est vraiment pas abordable.

Quelles bonnes nouvelles, Ariane ! Il va sans dire que la vie à Paris t'offre des distractions plus stimulantes que la Baie. J'ai énormément hâte de lire ton ébauche. Quant aux conseils que je pourrais te donner, je l'ai déjà dit, il s'agit d'y mettre du temps et de t'ouvrir à ton intuition, aux idées, aux tournures et aux mots. Combien de fois mon père m'a-t-il cité Boileau : « Ce qui se conçoit bien s'énonce clairement, et les mots pour le dire arrivent aisément. »

Juste une petite mise en garde par rapport à la qualité de ton texte. Quand tu écriras, il y aura des moments d'extrême doute, mais il y aura aussi des moments de certitude. Face au doute, ne force pas. Tu n'as qu'à laisser le temps rouler dans le quotidien et y revenir plus tard.

Il semblerait que nous ayons pris l'habitude de terminer nos messages sur une note qui chatouille le ventre plus que l'esprit. Bobby est passé me donner des steaks de chevreuil cet après-midi, et comme Lucie est de passage dans la région ces jours-ci, nous allons les arroser ce soir avec un bourgogne.

À demain. Ta lectrice préférée.

LAVILLE

Barton redressa le dossier de son fauteuil. Avant même que la voix de l'hôtesse ait annoncé l'atterrissage imminent de l'appareil, il avait senti le heurt provoqué par l'ouverture des volets d'intrados. Il étira ses épaules vers l'avant, se frotta les genoux et laissa flotter son regard vers le hublot. Rien. La blancheur du nuage dans lequel était plongé l'avion accentuait le malaise d'être claustré à l'intérieur de cette carlingue depuis trop longtemps. Sept heures depuis le départ de Paris. Les passagers avaient tous repris leur place, fatigués, leurs vêtements fripés, les pieds logés entre les sacs d'une marchandise achetée aux boutiques hors taxes de l'aéroport Charles-de-Gaulle.

Barton tendit son verre de scotch vide à l'hôtesse qui descendait l'allée pour vérifier les préparatifs de l'atterrissage. Leurs yeux se rencontrèrent l'espace de quelques secondes, ceux de Barton alourdis par la fatigue, ceux de l'hôtesse encore éveillés par l'élan de politesse qui faisait partie de son métier. Elle disparut de son regard et, tout en fermant les yeux, Barton se demanda qui était réellement Anne Arseneau, hôtesse d'Air France, qui traversait régulièrement l'Atlantique sous les regards tantôt exigeants, tantôt soumis de passagers qui pouvaient se permettre le luxe de se promener entre deux continents. Anne Arseneau retournerait-elle à Paris sur le vol de ce soir ?

Barton poussa un long soupir. Combien de fois avait-il

fait ce trajet ? Il ne saurait les compter même en fouillant les recoins de sa mémoire. La France était pour lui comme un autre chez-soi par obligation d'affaires, lui qui avait fait fortune dans le vin. Lui, Barton Saunier, avait acquis le titre du plus grand négociant en vins au Canada. Propriétaire de vignobles dans la région de la Loire, il cherchait maintenant à conclure l'achat d'une firme de viticulture en Alsace. Ce voyage n'avait pas remporté le succès escompté. « Il va falloir y retourner », pensa-t-il en faisant semblant de mâcher quelque chose pour dégager la pression dans ses oreilles. La bouche de ventilation soufflait à pleine capacité au-dessus de sa tête.

Malgré son habitude des voyages, Barton n'avait jamais réussi à vaincre sa peur des atterrissages. Il redoutait chaque fois le premier contact des roues avec le sol. À chaque arrivée, il devait faire un effort conscient pour abandonner sa vie aux merveilles de la technologie, mais non sans raidir le dos, crisper ses mains sur les bras de son fauteuil et être envahi par des sueurs froides.

Assise de l'autre côté de l'allée, de biais vers l'avant, Anne Arseneau tourna la tête vers lui juste au moment critique. Elle lui fit un sourire. Dès qu'il fut libéré de sa peur, Barton fut saisi d'une gêne. Le sourire d'Anne Arseneau parut esquisser un air de moquerie.

— Bienvenue à l'aéroport international Blomidon. Bienvenue à Laville. Nous espérons que votre séjour parmi nous sera…

— Ça va, Monsieur Saunier ? fit l'hôtesse en lui tendant son veston, qu'elle sortit du compartiment au-dessus du siège.

— Ça va. Oui, ça va ! C'est toujours bon d'arriver chez soi…

— À la prochaine fois, Monsieur Saunier !

Barton se hâta de sortir de l'appareil, préoccupé par les formalités de la douane qui s'imposaient, par l'idée que son voyage n'avait pas été un succès et par la rencontre qu'il se proposait de faire avant de rentrer chez lui. Les membres de sa famille ne se déplaçaient plus pour aller le chercher à l'aéroport. Ses voyages fréquents étaient devenus un mode de vie. Il garait sa voiture dans le stationnement de l'aéroport, se sentant ainsi plus libre de modifier son horaire à sa guise, selon ses besoins, et de rentrer chez lui à toute heure du jour.

C'était la mi-juin, le meilleur temps de l'année pour se trouver à Laville. La végétation resplendissait de fraicheur et de verdure. Les cafés venaient d'aménager leurs terrasses. L'air était encore vif avant les grandes chaleurs de l'été. À l'affiche des théâtres, il y avait le résultat du travail de toute une année, préparé pour la ruée des touristes qui se donneraient rendez-vous au joyau culturel du Canada… Laville. Deux millions d'habitants. Une merveille d'architecture urbaniste inspirée des modèles de Venise et d'Amsterdam, construite sur les terres des marais asséchés jadis, il y avait trois siècles, par de nouveaux arrivants dont la survivance dépendait de la culture des terres. Laville avait depuis lors grandi, sa banlieue avait grimpé sur les terres avoisinantes, mais son centre demeurait sur le terrain plat, à l'affut de la marée du bassin des Mines. C'est là que Barton avait choisi d'établir sa résidence principale. Au 38, quai Bonséjour, en plein cœur du quartier des Habitants.

Barton roulait tranquillement sur la voie rapide reliant l'aéroport au centre de Laville. Les voitures le doublaient facilement. Il n'était pas pressé, car il savait que deux heures trente de l'après-midi, ce n'était pas un bon moment pour arriver à son rendez-vous.

La ruelle Sansfaçon n'offrant aucune possibilité de stationnement, il gara sa voiture tout près de la statue du soldat, sur la pittoresque Place des Conquérants devenue, au fil des années, la porte d'entrée du Quartier Latin. Les cafés de la Place étaient remplis de gens qui reculaient devant l'idée de retourner à leur bureau pour terminer leur journée de travail.

Barton Saunier prit la bouteille de Ricard emballée soigneusement à la boutique hors taxes, ferma sa voiture à clef et se dirige en direction ouest sur le boulevard de l'Aboiteau, qui séparait Laville Nord et Sud, le long du canal central débouchant sur la mer. Le mélange de fatigue et de décalage horaire se manifestait par un sentiment d'insouciance. Il laissait vaguer son imagination entre Paris et Laville en songeant qu'à peine dix heures plus tôt il marchait sur une autre rue dans un autre continent.

La ruelle Sansfaçon était très étroite et ne laissait guère pénétrer les rayons de soleil qui venaient tout juste de percer les nuages.

— Attention, Monsieur, vous allez marcher sur mon camion !

— Pardon, je ne regardais pas où je marchais…

— Il faut regarder où on va, Monsieur !

— Oui… oui, tu as raison, mon petit.

— Tu vas encore voir la grosse madame ?

Barton lança un regard sévère au gamin et s'éloigna de lui. Il marcha à côté du trottoir étroit afin d'éviter les poubelles qui encombraient la rue en attendant le passage des éboueurs.

— Qu'est-ce qu'il y a dans ton cadeau ?

— Ce n'est pas de tes affaires !

La ruelle Sansfaçon était très peu fréquentée sauf par ses riverains, qui ne comptaient pas parmi les plus favorisés de Laville. Barton ne se souvenait jamais de mémoire du numéro précis où il avait rendez-vous, mais en y arrivant il reconnaissait facilement la porte peinte d'un rouge rouille au-dessus de laquelle il était écrit en petites lettres dorées sur un écriteau noir : Malvina. Encore fallait-il regarder au-dessus de la porte. Malvina n'avait plus besoin de publicité. Elle était contente de l'état actuel de ses affaires et même, depuis quelque temps, elle avait dû refuser de nouveaux clients, faute de temps. Sa réputation s'était faite de bouche à oreille, d'abord parmi les artistes de Laville, et ensuite chez les gens d'affaires qui aimaient suivre certains courants de mode pour se distraire.

Barton se sentait un peu nerveux. Le jeune garçon le surveillait toujours de loin. Il donna trois coups sur la porte. Pas de réponse. Trois autres coups. Un jappement de chien se fit entendre au loin. Il attendit. Rien. Deux heures quarante-cinq. D'habitude, Malvina était prompte à répondre. Il essaya une dernière fois et, juste en tournant le dos à la porte pour repartir, il entendit une clef tourner dans la serrure.

— C'est vous, Monsieur Barton ?

— Oui.

— Entrez.

Barton se faufila dans la porte entrouverte. On aurait dit que Malvina essayait de dissimuler son arrivée.

— Il faut me pardonner. J'ai laissé ma sieste se prolonger plus longtemps que d'habitude. Je n'ai pas eu le temps de faire ma coiffure.

Malvina dit ces paroles en boitillant vers le bout du corridor devant Barton. Toutes les portes le long du corridor sombre étaient fermées.

— Vous arrivez ?

— J'arrive. Il y a à peine deux heures que j'ai touché le sol. Tenez, je vous ai apporté un Ricard.

Malvina s'arrêta net, se tourna vers Barton, le regarda et ne dit rien. Il vit qu'effectivement elle ne s'était pas coiffée. Elle lui parut fatiguée, vieillie. Le visage de Barton s'attendrit, et les yeux de Malvina se mouillèrent lorsqu'elle accepta son cadeau.

— C'est trop gentil, Monsieur Barton. Vous êtes un client spécial. Nous voilà en pleine saison du Ricard avec les chaleurs de l'été qui s'en viennent.

Retrouver Malvina comme ça au retour était une façon agréable de faire le bilan de l'expérience que Barton venait de vivre. Elle le rassurait dans ses affaires.

— Assoyez-vous… Tiens, on boit un verre ? Un Ricard frappé…

— J'veux bien.

Pendant qu'elle s'éloignait pour leur verser à boire, Barton se pencha pour regarder de plus près sur la table la forme ronde qui s'y trouvait, voilée d'un tissu soyeux blanc. La pièce sombre, sans fenêtres, était éclairée par une unique lampe en imitation de fanal placée sur une étagère à livres. Le papier peint des murs n'offrait aucune consolation. Il se dégageait partout chez Malvina une odeur accablante de relent humide, sans doute parce que ce logement au rez-de-chaussée était si mal éclairé et encore moins bien aéré.

— Voilà ! dit Malvina en tendant un verre à Barton. À votre santé !

— Et à la vôtre…

Malvina s'installa sur sa chaise à côté de la table. Elle enleva le voile qui couvrait sa boule de cristal et le plia soigneusement pour le déposer sur la table à côté.

— Approchez-vous, Monsieur Barton.

Il lui tendit sa main gauche. Malvina, comme d'habitude, scruta d'abord les lignes de sa main tout en caressant sa paume et ses doigts. Dans le silence. Elle concentra ensuite son attention tout à fait vers l'intérieur de la boule. Barton prit une gorgée de Ricard et regarda cette tête à chevelure frisée et grisonnante inclinée devant lui. Que faisait-il ici ?

Malvina leva les yeux et le regarda en face.

— Vous êtes nerveux…

— Plutôt fatigué… répondit-il.

— Vous êtes déçu de votre voyage. Cela se comprend. La prochaine fois, vous aurez plus de succès. Seulement, vous devrez mieux vous préparer.

— Je vais attendre à l'automne avant d'y retourner.

— C'est une bonne décision. L'été, les gens ne prennent rien au sérieux.

Malvina lâcha la main de son client et effleura du bout des doigts la surface de sa boule de cristal. Barton se laissa aller en arrière dans son fauteuil. Il avait rencontré Malvina plusieurs fois depuis deux ans. L'avenir le préoccupait, non pas parce qu'il craignait qu'il ne lui arrive quelque grand malheur auquel il ne pourrait faire face, mais plutôt parce qu'il voulait tout calculer à l'avance. C'était chez lui une espèce de déformation professionnelle. Au fond, sans se l'avouer, il enviait le talent spécial de Malvina. Il avait besoin d'elle.

— Votre main droite, s'il vous plait…

Malvina parlait moins que d'habitude. Les murs encombrés de la chambre absorbaient la respiration rauque et haletante de cette femme qui souffrait d'obésité. Barton sentait, par le contact de sa main, un pouls anormalement précipité.

— Je vois seulement une espèce de vide pendant les prochains mois.

— Rien ?

— Des détails seulement. Vous reverrez des étrangers rencontrés aujourd'hui.

— Rien en ce qui concerne la famille ?

— Si… votre femme pourrait vous causer quelques petits ennuis. Mais il ne faut pas vous en préoccuper.

— Quand est-ce ?

Malvina fronça les sourcils, prit une plus grande respiration et se passa la main sur le front.

— Je ne vois rien de précis là non plus.

— Vous ne voyez rien du tout en affaires ?

— Un instant… Si…

Elle leva les yeux une deuxième fois vers Barton et, avec une mine amusée, lui répondit :

— On vous proposera une occasion d'affaires étrange. Il faut la saisir. Je la vois clairement.

Barton but la dernière gorgée de son Ricard. À côté de son verre, celui de Malvina n'avait pas été touché, mais les morceaux de glace étaient fondus. Il se leva pour partir.

— Vous êtes peut-être déçu, Monsieur Barton…

— Non, c'est l'été qui s'annonce, Malvina. L'été, les gens ne prennent rien au sérieux.

Malvina avait l'air accablé. Barton s'approcha tout près d'elle.

— Il n'y a rien que je puisse faire pour vous ?

Elle recula d'un demi-pas en posant la main sur sa hanche comme pour y contenir une douleur.

— C'est l'arthrite… l'arthrite qui absorbe mes énergies. C'est triste, mais qu'est-ce qu'on peut y faire… Vous reviendrez quand même, Monsieur Barton ? dit-elle sur un ton légèrement suppliant.

— Oui… surement. Surement !

Et il lui refila deux billets.

Lorsqu'elle ferma la porte derrière le dos de son client, Malvina se sentit épuisée. Elle avait fait un effort suprême pour puiser à sa source l'énergie qui lui avait gagné la confiance et l'estime de ses quelque quatre-cents clients réguliers. Elle avait l'impression que sa clairvoyance s'embourbait sous un linceul de brumes. C'était comme si quelqu'un essayait de lui enlever sa raison de vivre. Un vide lourd et douloureux lui pesa sur le cœur. S'évader ? Où ? Malvina n'avait jamais quitté les rues de Laville depuis quarante ans. De vagues images d'un paysage lointain et ensoleillé tentèrent de s'offrir à son imagination comme une cure, mais devant elle il n'y avait que les murs sombres de sa chambre, quelques rayons de livres collectionnés tout au long de sa vie et sa boule de cristal. Elle déplia le voile blanc et soyeux pour la recouvrir et elle décida de sortir au grand soleil, au-delà de son quartier Vieux-Logis, probablement le long du canal des Aboiteaux. En sortant, elle accrocherait à la poignée de sa porte sa petite enseigne sur laquelle était inscrit « Absente ».

Barton s'arrêta au coin de la ruelle pour jeter un coup d'œil sur le grand boulevard et respirer l'air salin qui venait du bassin. Il sentit quelque chose frôler le bas de son pantalon.

— Tu lui as donné le cadeau ?

— Tiens, c'est encore toi !

— C'est elle ton amie, la grosse madame laide ? dit le jeune garçon en éclatant de rire.

— Comment t'appelles-tu ?

— Dino.

— Dino qui ?

— Dino Thibo.

— Eh bien, Dino Thibo, moi je te dis que tu es très

impoli !

Et le garçon se mit à courir dans la ruelle en criant : « Dino impoli, Dino impoli… » jusqu'à ce que sa voix s'éteigne dans la distance.

Barton enleva sa veste et la porta par-dessus son épaule gauche en se dirigeant vers la Place. La circulation sur le boulevard bougeait déjà au rythme affairé des fins d'après-midi. Partout ailleurs, on enviait Laville comme modèle d'avant-gardisme en matière de conditions de travail. Des firmes d'experts-conseils y avaient étudié dans ses aspects les plus minutieux la relation entre les loisirs et le travail. Les grandes entreprises avaient librement emboité le pas. En offrant des conditions de travail intégrant les loisirs récréatifs et culturels de Laville, ils avaient découvert la clé pour s'attirer les meilleures compétences du monde. Qualité de vie ou argent ? Laville avait réussi à marier les deux. Le soutien financier offert par les entreprises aux nombreux artistes de Laville était un appât fort efficace. Ils y étaient très nombreux et leur influence était palpable.

Barton eut un grondement d'estomac qui déclencha chez lui un rapide calcul mental. Il s'était bien écoulé huit heures depuis son repas sur l'avion. Son ventre confirmait ainsi son prochain arrêt. Il passerait par le Gaspareau, un café-restaurant appartenant à sa famille, où il se rassasierait tout en disant bonjour aux amis et où il trouverait fort probablement son fils unique, Barton Robert Alexandre IV, connu plus familièrement sous le nom d'Alex. Le Gaspareau avait pignon sur le quai du Retour bordant le canal du même nom. Le plus beau coin de Laville, personne ne l'aurait nié.

Spécial du jour : filets de maquereau sauce moutarde servis avec riz et crosses de violon.

— Un spécial tout de suite ! dit-il en franchissant la porte d'entrée.

— À votre service… tout de suite, patron ! Passez donc en arrière. Alex vous y attend impatiemment depuis ce matin.

Derrière la cuisine, il y avait une espèce de petit salon où se tenait le personnel du café et les membres de la famille Saunier lorsqu'ils se trouvaient dans ce quartier de la ville. Alex, à peine âgé de vingt ans, adorait se lancer à la découverte des secrets de l'art culinaire. Il songeait même à en faire son métier un jour.

— Salut, le père ! T'as réussi tes affaires là-bas ?

— Non, pas vraiment…

Et il hésita un instant en apercevant derrière Alex une jeune fille qui lui était inconnue.

— Pardon. Pardon, je te présente Nathalie. C'est bien lui, mon père… Barton III. Regarde-le bien quand il est là. Il ne s'arrête jamais longtemps. J'ai quelque chose à te montrer, Barton. Si tu n'as pas réussi comme tu voulais en France, t'as rien à craindre. Notre prochaine fortune est ici, dans le frigo.

— Heureux de te rencontrer, Nathalie ! dit Barton alors qu'Alex était déjà en train de sortir un grand plateau du frigo, qu'il déposa sur la table devant son père.

— Voilà !

— Qu'est-ce que tu as là ?

— Je les ai trouvées par hasard lors d'un voyage dans le sud-ouest de la province.

Sur le plateau parsemé de sel s'étalaient trois gros mollusques qui ne mesuraient pas moins de vingt centimètres de long. La coquille de chacun était entrouverte et un long morceau de chair, semblable à une langue, sortait de l'interstice pour lécher, d'un mouvement lâche et trainant, le sel qui se trouvait sur le plateau. Alex en prit un dans sa main pour le montrer de plus près à son père. Le mollusque ravala tout de suite sa langue et se renferma hermétiquement dans sa coquille.

— Une recherche Google dit qu'officiellement c'est un mollusque acéphale, un bivalve lamellibranche délicieusement comestible ! Là-bas, on les appelle communément des grosses coques… ou des palounes. C'est Nathalie qui me les a fait découvrir.

Nathalie, toute fière de l'emballement d'Alex, ajouta timidement :

— Chez nous, on les mange depuis toujours.

— Même crues. Tiens, tu vas en gouter une tout de suite, dit Alex en sortant son couteau de poche.

— Mon spécial arrive d'un instant à l'autre…

— Ce sera ton entrée, alors !

Alex tenta d'abord vainement d'insérer son couteau entre les deux coquilles de la grosse coque et lorsqu'il réussit finalement à desserrer le muscle qui la tenait fermée, il renversa sur son pantalon le liquide qui se trouvait à l'intérieur.

— Zut ! dit-il en s'essuyant… Nathalie, irais-tu s'il te plait demander au barman une bouteille de muscadet ? Tiens, Barton, je te donne un morceau de la chair la plus tendre, le muscle. C'est important que tu goutes la coque crue, dans son état naturel. Comme ça, tu seras mieux en mesure d'apprécier toutes les possibilités qu'elle offre à la fine cuisine.

Barton saisit le morceau de grosse coque de la main d'Alex et le déposa dans sa bouche. Ses papilles gustatives s'éveillèrent. Il regarda son fils, qui guettait sa réaction, ce fils dont la présence même assurait à tous moments une effervescence d'activités ou de conversations, ce fils qui, depuis sa plus tendre enfance, avait toujours laissé croire aux gens qu'il était né avec une source inépuisable de projets en tête.

— Tu aimes ? Tiens, goute maintenant un morceau de la langue.

— Hum !... Oui, il faut dire que ce n'est pas mauvais... Un peu coriace, la langue...

— Ça se règle ! J'ai essayé plusieurs sortes de cuisson depuis trois jours. J'voudrais l'offrir en spécial ici dès la semaine prochaine. Ce serait une première dans les annales gastronomiques de Laville. Le succès de l'été chez les touristes... absolument garanti !

— Attends, attends ! Tu connais les sources d'approvisionnement ?

— J'ai parlé à des plongeurs qui la pêchent là-bas. Ils m'assurent qu'ils peuvent subvenir à mes besoins. J'ai fait tous les calculs nécessaires, Barton. Je ne suis pas ton fils pour rien.

Déjà, le spécial du jour et la bouteille de muscadet se trouvaient devant le grand patron. On s'attabla autour de lui pour agrémenter son repas et l'aider à vider la bouteille importée de ses propres vignobles dans les vieux pays, de l'autre côté d'un Atlantique qui rétrécissait à la vitesse du nombre de pages ajoutées chaque jour à la grande toile du Web.

— T'as fait des recherches pour découvrir pourquoi ces coques n'ont jamais été commercialisées ?

— Non, pas vraiment. J'ai l'impression qu'on ne pensait pas pouvoir les trouver en quantité suffisante pour qu'elles soient rentables. Si c'est le cas, elles seront d'autant plus recherchées... d'autant plus lucratives.

Barton regarda les deux autres coques sur le plateau avec la langue pitoyablement allongée pour lécher le sel. Ce n'était surement pas là une scène qui aurait attiré les fines gueules. Et, comme un flash, il se rappela la mine amusée de Malvina cet après-midi.

— Vas-y, mon fils, dit-il en souriant. Je crois que tu te lances dans une bonne affaire. Je te donne ma bénédiction.

— Tu vois, Nathalie, je te l'avais dit. Nous irons chez vous dès cette semaine pour reparler aux plongeurs. Dis, Barton, savais-tu qu'il existe un village qui se nomme Saulnierville à côté du village où habite Nathalie ?

— Oui, je suis déjà passé par là. La légende du pays veut que ce soit une faction de notre famille qui, il y a trois siècles, se soit décidée à prendre la clef des champs parce qu'elle se voyait laissée de côté par d'autres membres de la famille devenus plus influents qu'elle, au moment où Laville connaissait ses premiers signes de croissance et de prospérité. Ses membres ont accusé nos ancêtres de traitres et, après plusieurs bagarres bruyantes, ils ont fui vers l'ouest, où ils se sont approprié des terrains vierges. En ajoutant le *l* à leur nom, ils se sont distingués de nous. C'est bien eux qui ont fondé Saulnierville, et on dit qu'ils y ont, depuis lors, vécu heureux.

— Cette légende a un fond de vérité ?

— Je ne sais pas, Alex. Quand tu y retourneras, tu pourrais peut-être au moins vérifier son *happy end*. Tu n'es pas par hasard une Saulnier, Nathalie ?

— Non… Boudreau.

L'horloge de la tour du Gardien carillonna cinq heures sur la Place, qui se trouvait seulement à trois coins de rue du Gaspareau.

— Si on allait continuer notre discussion sur la terrasse, dit Barton en finissant d'éponger le reste de la sauce dans son assiette avec du pain.

Dehors, en regardant les gens déambuler dans la rue, Barton, Alex et Nathalie firent le point sur leurs plans d'été tout en sirotant les boissons de leur choix, jusqu'à ce que l'ombrage du saule géant au coin de la terrasse jette un frisson sur les bras nus d'Alex.

— J'vais rentrer à la maison m'habiller un peu plus chaudement.

— Dis à Sophie que je rentre tout de suite. J'ai quelques petites affaires à régler ici, au café.

Barton comprit qu'Alex avait l'intention de faire découvrir Laville à Nathalie. Main dans la main, ils feraient le tour du quartier grouillant et engageant qui s'était accroché au pied de la majestueuse basilique Saint-Charles-des-Mines, qui fermait les yeux la nuit. Cette fille peu parlante allait avoir des impressions à lui chavirer la tête lorsqu'elle retournerait chez elle.

Même avant de parler à Alex, Sophie s'était dit que son mari dormirait dans son lit avant que minuit sonne sur la Place. Elle ne fut donc guère surprise d'entendre ses pas dans l'escalier peu après la tombée du jour. Il déposa ses valises avec fracas dans l'entrée.

— Ça va bien, Sophie ? dit-il en embrassant sa femme.

— Que je suis contente de te revoir, Barton…

Elle continua de le serrer très fort dans ses bras lorsqu'il relâcha son étreinte.

— Si on allait marcher un peu sur le quai…

— Ça ferait du bien…

Le quai Bonséjour était d'un calme déconcertant, un genre de calme où le moindre son est facilement capté par une oreille de biche. Ce soir, c'était l'absence complète de vent dans les rues de Laville. Le calme donnait raison aux barques dépouillées de leurs voiles et accostées en permanence le long du quai, ces barques rassemblées là sous l'initiative d'un esprit imaginatif qui avait songé, plusieurs années après que l'époque de la voile eut été révolue, qu'il serait bon de fouiller les côtes de l'Atlantique à la recherche de voiliers abandonnés ou de vieilles barques en voie de disparition. On les installerait le long des canaux de Laville comme témoignage de l'époque. L'initiative avait déclenché un intérêt immédiat, et afin d'encourager des individus à emboiter le pas, le gouvernement avait créé un programme de subventions pour aider ceux qui désiraient y participer. Il se trouvait donc ici et là, le long des canaux, à la fois des bateaux-musées et des bateaux de toutes sortes transformés en résidences, en galeries d'art ou en ateliers de travail. En plus, de nombreux plaisanciers faisaient de Laville leur port d'attache pendant l'été et repartaient vers les eaux plus chaudes du Sud chaque automne.

— Je me sens la tête vide ce soir.

— C'est toujours comme ça quand tu reviens de loin, Barton.

— Remarque que ce n'est pas désagréable…

Et il regarda Sophie d'un air songeur.

— Tu te tiens occupée ?

— J'ai accepté la direction de la campagne financière du Théâtre de l'Impasse. En ce moment, je prépare la publicité.

— Alors, tu en as pour l'été, du travail ?

— Facilement. Je ferai peut-être un voyage éclair pendant que les documents seront chez l'imprimeur.

— Où ?

— Je ne sais pas du tout en ce moment.

— Tu m'emmènes ?

— Tu seras libre pendant les prochains jours ?

— … Probablement que non. En fait, j'ai une tonne de travail qui m'attend.

— Alors, ce sera mon tour de partir seule cette fois, conclut Sophie sans le moindre soupçon de sous-entendus.

Je compte passer à une agence de voyage demain.

Pendant un moment, Barton demeura silencieux pour écouter les paroles du blues qui s'échappait d'un hublot ouvert de la *Marie-Celeste II.*

Depuis longtemps je n'ai pas pleuré
Depuis longtemps je n'ai pas trébuché
Tout ce malheur je l'ai encaissé
Aujourd'hui je suis parmi les plus fortunés
Car c'est fini ce malheur
Tout fini ce malheur
Adieu malheur !

La musique s'arrêta. « Reprenons une autre fois. Plus de soul cette fois-ci ! Mettez-y du soul, les gars ! »

Oh oui, j'ai vagabondé
Pendant des années
Je courais tout le pays
J'étais déraciné...[11]

Les chants et le violon lancinant s'éteignirent graduellement à mesure que Barton et Sophie marchèrent lentement à côté d'énormes saules. La lumière jaunâtre des lampes de la rue était tamisée par leur feuillage. Le saule sépulcral laissait pendre ses branches dans tous les arrondissements de Laville, dont il était l'emblème.

— Tu me racontes ton voyage ?

— Oui...

Barton reprit la conversation en racontant à Sophie ses

---

11 Grand Dérangement, *Adieu malheur*, album *Dérangé*, paroles et musique de Michel Thibault, 2004.

déplacements, ses conversations, ses rencontres et sa désillusion, tout en se surprenant lui-même à voir plus clairement pourquoi sa proposition n'avait pas marché.

Au 38, quai Bonséjour, le marbre de l'entrée était usé par les pieds de la famille Saunier, dont les membres montaient et descendaient depuis bientôt deux siècles et demi l'escalier de la porte principale de la demeure paternelle. Un visiteur aurait flairé l'odeur du majestueux dalmatien en franchissant la porte. Barton et Sophie ne la remarquaient plus, mais ils s'attendaient aux jappements de Lucius, qui n'avait rien d'autre à faire dans ce luxe que guetter chaque arrivée.

— Ça va, calme-toi, mon ami ! dit Barton en repoussant le museau humide de son chien, qui ne pouvait plus du tout contenir toute son affection pour le maitre de la maison. Qui l'a laissé dans le salon comme ça ?

— Ce doit être Alex.

— Je jette un coup d'œil dans mon bureau et je te rejoins au lit dans quelques minutes ?

La journée de dix-huit heures qu'il venait de vivre défila dans la tête de Barton comme la séquence d'un film à vitesse accélérée lorsqu'il déposa son portable sur son bureau. « J'suis épuisé », se dit-il en l'ouvrant pour jeter un rapide coup d'œil sur la liste des courriels du jour. À côté de son ordinateur, sur le dessus de la pile du courrier à ouvrir, il y avait une enveloppe de la Société canadienne d'arthrite. Il la prit dans ses mains sans l'ouvrir. « Tiens, pensa-t-il, j'ai bien le temps d'écrire un chèque avant de me coucher. » Il ouvrit son carnet pour inscrire un montant, griffonna sa signature et glissa le chèque dans une enveloppe. Couché sous le bureau, Lucius fit un grognement dans son sommeil pour marquer un point culminant de son rêve de chien. « Ça suffit comme journée de travail », se dit Barton en se dirigeant vers sa chambre à coucher.

Le lit était déjà chaud lorsque Barton se faufila entre les draps. Il se blottit mollement contre Sophie de façon à sentir, de la tête aux pieds, toute la chaleur que le corps de sa femme pouvait lui offrir. Il s'endormit sur-le-champ. Sophie resta éveillée une heure de plus, songeant aux vacances qu'elle prendrait.

C'est alors que sonnèrent les coups de minuit sur la Place joyeuse de Laville, où se trouvaient une foule de gens qui n'avaient pas le moindre souci de dormir.

— Tu es la fille la plus mignonne que j'aie jamais rencontrée, dit Alex à Nathalie en la serrant dans ses bras non loin de la statue du soldat conquérant.

— Tu dis ça à toutes les filles ?

Les paroles de Nathalie eurent l'effet d'une blessure à l'âme, et le regard d'Alex se voila d'une tristesse mélancolique.

— Non. Mais non, Nathalie… Je te le jure.

Ils échangèrent leur premier doux baiser avant de se diriger vers une rue moins achalandée que la Place.

ARIANE@PARIS

Quel plaisir pour moi d'avoir pu atterrir à tes côtés à Laville dans le confort de ma chaise. Pour l'instant, je ne veux rien commenter, je ne veux rien changer, je ne veux rien influencer. Je m'en voudrais de briser la magie. Je connais la finesse et la complexité du processus d'écriture. Je peux quand même te dire que je me suis tout de suite attachée à tes personnages et que j'ai une vive soif de mieux les connaitre. Il n'y a qu'une consigne qui compte en ce moment : continue !

Merci, Mame, tes mots me donnent une *shot* d'adrénaline. Le pouvoir de l'imagination m'éblouit. Laville vit en moi. C'est fou, mais c'est tellement agréable. Penser que j'ai le pouvoir de contrôler tout ce qui se passe dans Laville, c'est l'euphorie. Serais-je une assoiffée de pouvoir ? Cette question me tracasse…

Sur ces quelques mots, je t'embrasse. J'ai rendez-vous avec Malvina…

Le lendemain matin, Malvina se tourna dans son lit à la première lueur du jour, ouvrit les yeux et entendit au loin le cri d'un goéland percer le calme de la ville encore endormie. Elle aurait souhaité que la nuit la débarrasse de ses maux comme parfois elle engloutit une mauvaise humeur ou les restants d'une migraine. C'était trop espérer. La douleur lançait son venin dans chacune de ses articulations au moindre mouvement. « C'est pire qu'hier », pensa-t-elle en soupirant et en refermant les yeux. Elle aurait voulu sombrer de nouveau dans le grand trou noir du sommeil. Oublier sa lassitude. Renaitre dans un autre corps.

Malvina avait laissé l'enseigne sur la porte même si elle se trouvait à l'intérieur de son logement. C'était pour éviter les explications. D'ailleurs, elle ne pouvait s'attendre à la visite de parenté ou de proches amis parce qu'elle n'en avait pas. La solitude de ses soixante-quatre ans avait ses racines dans sa situation d'enfant unique de parents émigrés de la Hongrie après la Seconde Guerre mondiale. Le décès de son père, il y a huit ans, fut suivi de celui de sa mère à peine six mois plus tard. Il y a des gens qui ne peuvent supporter la disparition de leur conjoint et qui semblent quasiment se mettre volontairement le pied dans la tombe pour aller rejoindre leur douce moitié. Les statistiques le prouvent. Malvina avait prévu que les choses se dérouleraient ainsi, et malgré ses paroles d'encouragement et de compassion envers sa mère, elle n'avait pas réussi à repousser les forces du destin.

Vers dix heures trente, elle fut tout à fait surprise d'entendre à sa porte des coups impatients qui faisaient fi de l'enseigne qui pendait à la poignée.

— C'est urgent, Madame Malvina, dit le livreur en lui tendant une lettre scellée qui portait son nom et son adresse. On m'a prévenu d'insister…

— Merci, dit Malvina en essayant de deviner le contenu de l'enveloppe, qui n'affichait aucun indice de l'expéditeur.

Elle referma la porte et se hâta d'ouvrir l'enveloppe pour y découvrir la note qui accompagnait un chèque d'un montant qui lui parut substantiel.

> *J'ai été profondément touché par votre état de santé précaire et je ne peux faire autrement que vous supplier d'accepter ce petit cadeau qui doit vous conduire dans un lieu ensoleillé pour vous y reposer pendant quelque temps afin que vous repreniez vos forces.*

Malvina n'eut aucun doute sur l'identité de l'auteur de la note dépourvue de signature. Sa journée prit du coup une autre tournure. Sa pression artérielle s'accéléra légèrement, ce qui eut comme effet physiologique d'atténuer l'intensité de sa douleur. Où aller après quarante ans dans les rues de Laville ? Sa souvenance d'autres lieux n'était éclairée d'aucun soleil. Les dernières images de Budapest, celles qui étaient restées le plus vivement collées à sa mémoire de jeune fille, n'affichaient que des cieux gris, des chars blindés dans les rues, la tristesse et la misère des gens. Sinon, il y avait la télévision qui alimentait sa connaissance de l'Amérique, trop souvent sous le fard de la vitesse, des excès de consommation et des modes éphémères d'une société artificielle. Les images de la télévision se heurtaient encore aujourd'hui aux souvenirs flous de sa plus tendre enfance. Malvina passait très peu de temps devant le petit écran.

Elle se rendit dans la cuisine, où sa tasse de café refroidi l'attendait, à côté de laquelle le bulletin mensuel des Frères de la Bonne Vie était ouvert à la page 6. Soudain, Malvina se rappela l'annonce qu'elle venait d'y lire pendant son petit déjeuner, au bas de la page 4, à gauche.

Vous cherchez la paix, la détente, le repos et le soleil…
Vous cherchez une cure sans pareille…
Ne cherchez pas plus loin…
L'Abbaye des Frères de la Bonne Vie vous l'offre.

Elle resta pensive, le temps d'imaginer un décor qui pourrait correspondre aux critères évoqués dans l'annonce. Elle ne chercherait pas plus loin. Avant de sortir faire ses courses et de passer à la banque, Malvina avait déjà appelé au numéro indiqué au bas de la page pour confirmer son départ dès le lendemain.

À peu près au même moment, au 38, quai Bonséjour, dans sa salle de bains, Sophie se lavait le visage avant de se maquiller tout en pensant que ses courses de la matinée la mèneraient d'abord chez l'imprimeur et ensuite à l'agence de voyages. L'image que lui reflétait la glace semblait insister ce matin sur les rides subtiles à peine discernables autour de ses yeux, sur la sècheresse de la peau de son visage, bref, sur ses quarante ans. « Non, pensa-t-elle, c'est à cause de la fatigue. Il y a moyen d'empêcher le processus… ou du moins de le freiner. »

La réceptionniste de l'agence Ailleurs invita Sophie à s'assoir en attendant qu'un agent soit libre pour la servir. Le malaise de ne savoir où aller avec si peu de temps à sa disposition lui donnait la frousse. Les possibilités d'évasion évoquées par les affiches sur les murs autour de la pièce ne manquaient pas de créer un effet de magie. Paris, New York, Bali, Londres, Tokyo, Moscou, Dubaï, Machu Picchu… Trop loin en si peu de temps.

— J'peux vous aider, Madame ?

Machu Picchu… Sophie se rappela vaguement que quelqu'un lui avait parlé de cette ancienne cité inca perchée sur une montagne du Pérou et des magnifiques bains thermaux situés non loin.

— … J'ai besoin d'un lieu tranquille, loin du monde, dans la nature…

— Vous n'avez rien à l'idée ?

— Non, je n'ai pas le temps de me rendre loin… Vous ne connaissez pas une station thermale à une distance raisonnable d'ici ?

— Vous cherchez à faire une cure de courte durée…

— Oui, effectivement, ajouta promptement Sophie.

L'agent resta songeur. « Humm… tiens ! » Et il sortit du tiroir de son bureau un dossier vert qui contenait deux simples pages imprimées sur un papier crème et brochées ensemble. Il regarda Sophie d'un air amusé.

— Vous connaissez l'Abbaye de la Bonne Vie ?

— Non… Elle se trouve où ?

— Pas plus de deux-cents kilomètres à l'ouest d'ici, tout au bout de la chaine des montagnes du Nord… sur une ile isolée. Les Frères de la Bonne Vie sont propriétaires de l'ile depuis au moins deux siècles. Voilà maintenant une dizaine d'années qu'ils y reçoivent des gens à la recherche de la nature et de tranquillité. Parait-il qu'ils ont aménagé sur leurs terrains des bains thermaux assez originaux. Je ne connais pas l'envergure de leurs installations, mais je sais que leurs prix sont très raisonnables. Ce serait surement reposant !

— Ils ne font pas beaucoup de publicité.

— C'est voulu…

L'agent se rapprocha de Sophie et, avec une mine espiègle, il se pencha près de son oreille et ajouta en chuchotant :

— Nous avons une entente spéciale avec eux. Question de choisir le « bon genre de personnes », dit-il en riotant. Vous comprenez ? Nous sommes la seule agence commerciale à faire leur publicité.

Le train n'allait que jusqu'à Estport, où un traversier attendait patiemment pour croiser le chenal, ce qui permettait ensuite aux voyageurs de traverser l'ile Longue, dont le nom même confirmait l'isolement de l'Abbaye située encore plus loin. À l'autre bout de cette ile, il fallait prendre un deuxième traversier pour se rendre sur l'ile des Frères qui, par quelque erreur cartographique, se nommait officiellement *Friar Island*. Mais les gens du coin, ainsi que les Frères de la Bonne Vie, n'utilisaient que le nom français depuis toujours.

Chaque dimanche, les Frères recevaient un nouveau groupe de visiteurs qui restaient habituellement une semaine entière chez eux. En débarquant du premier traversier, Sophie avisa, à l'entrée du quai, une énorme fourgonnette blanche sur laquelle était inscrit en lettres rouges qui dominaient le paysage plutôt terne de l'ile Longue : LA BONNE VIE

INC. Le frère Marius, dont les pommettes au milieu de son visage rond rougissaient à l'idée de faire la connaissance des nouveaux arrivants, s'était amené sur le quai, prêt aux poignées de main qui lui permettraient d'associer les visages à la liste de noms qu'il connaissait par cœur.

C'est ainsi que furent réunies pour la première fois, tassées dans une fourgonnette, dix personnes appelées à passer une semaine ensemble dans une abbaye inconnue, dont chacune anticipait la découverte dans l'ile des Frères.

Le deuxième traversier, de proportions plus modestes que le premier, devait faire tourner ses moteurs à pleine capacité, produisant un vacarme qui n'aurait pas manqué de faire entendre un sourd. On aurait dit que c'était le vrombissement lui-même qui maintenait la direction du bateau contre la force inlassable du courant. La vibration du pont chatouillait les jambes de Malvina et de Sophie.

— Nous sommes au plus fort de la marée ! cria le frère Marius à ses passagers comme s'il se sentait responsable du phénomène qui tenait certains des visiteurs en haleine. Une trentaine de mouettes planaient bas au-dessus du bac.

Malvina se tenait fortement à la rampe du garde-fou du côté tribord. Son regard se promenait des mouettes aux tourbillons d'eau provoqués par la rencontre des courants qui ballotaient le navire et, dans le navire, son corps qui aurait déjà voulu se sentir mieux en plein milieu de cette nature en mouvement. Laville était disparue de ses pensées. Moins d'un kilomètre devant le traversier, l'ile des Frères s'imposa avec sa muraille de colonnes en guise de rempart, qui la protégeait du regard des passants marins. Aux yeux de Malvina, l'ile prit tout à coup l'allure d'une énorme boule de cristal prête à lui ouvrir la voie vers une vie meilleure. Ce n'était pas souvent qu'elle pressentait son propre avenir.

— Nous avons construit ce mur en basalte puisé à même l'ile au cours de très nombreuses années. Chaque frère qui a vécu à l'abbaye a dû y mettre sa part de muscle, dit le frère Marius pendant que les passagers remontaient dans la fourgonnette. Le nombre de pierres tombales du cimetière, juste à l'intérieur du mur, confirme que la main-d'œuvre fut abondante.

La fourgonnette fila tout droit jusqu'à l'aire d'accueil. À son passage près de la bassecour, une volée de poules s'éleva dans les airs dans une ovation de caquètements et de gloussements.

— Hé ! Hé ! cria un autre frère. Épargne-leur leurs plumes !

— Tous nos oreillers sont en plumes, ajouta le frère Marius en riant. Nous sommes un modèle d'autosuffisance.

L'aménagement ingénieux de l'ile puisait son inspiration dans la chaleur même des sources thermales. C'est d'ailleurs à cause de ces sources que les frères avaient premièrement choisi de venir s'installer dans ce lieu qui, autrement, n'avait aucun attrait particulier. Au contraire, il était sinistre et dénudé. Très souvent, l'ile entière disparaissait littéralement sous une enveloppe de brume froide et épaisse. Le reste du temps, elle se faisait ronger et ravager par les vents étourdissant la croissance des quelques hardies épinettes qui réussissaient à pousser, rabougries, sur son littoral nord.

Dans un geste salutaire cherchant à défier les intempéries de ce coin du continent, les moines avaient érigé, tout près de l'abbaye, un imposant réseau de dômes qui recouvraient l'ensemble des sources thermales. Ils y avaient installé un éclairage spécial conçu pour pallier l'absence fréquente du soleil. En cet après-midi de juin, la vapeur des bains nichés sous les dômes se mêlait à l'humidité des immenses serres, avant d'être expulsée dehors par un singulier système de ventilation animé par la puissance des marées. L'eau tiède tourbillonnait paresseusement, lasse de son long voyage ascendant des profondeurs souterraines.

Malvina se croisa les bras, promena son regard tout le tour des lieux et s'avança timidement vers l'escalier qui descendait dans le bain. La chaleur de l'eau accueillit d'abord son pied droit et, d'un geste rapide, elle descendit les trois autres marches et se lança dans l'eau pour livrer son corps au drap fluide, qui la reçut à bras ouverts. Elle se sentait bien. Merveilleusement bien. Comme si son corps venait de perdre tout le poids excessif qu'elle trainait depuis des années dans sa ruelle de Laville. Les yeux fermés, elle remuait ses bras tout doucement pour se déplacer sur son dos vers le milieu de l'immense bain aux contours sinueux. Du coup, tout s'effaça momentanément de ses pensées. Elle devint elle-même partie de l'eau.

Sophie y était déjà depuis une quinzaine de minutes. À trois mètres à peine de Malvina, le cou appuyé sur le bord du bain, elle regardait ses seins et ses genoux déformés par le mouvement de la vague soulevée par l'élan de Malvina. « C'est bizarre, songea Sophie, cette circonstance me rappelle la naissance d'Alex, les moments qui ont suivi sa naissance. C'est comme si je venais de tout lâcher dans l'aboutissement d'un labeur. »

La vapeur des eaux thermales créait un mur diaphane entre les baigneuses. Malvina s'éloigna de Sophie vers une des petites annexes branchées au bassin central. Aussitôt franchi le passage entre les deux, elle se retrouva seule dans une espèce d'alcôve marine en forme d'ovale. La flore tropicale qui grimpait sur la paroi du dôme répandait son parfum dans l'espace clos, et seul le son d'un filet d'eau se faisait entendre comme une musique pour ajouter à la sérénité du lieu. Malvina s'immobilisa tout près d'une fleur d'hibiscus qui pendait juste au-dessus de la surface de l'eau. Elle approcha son visage pour humer son parfum. « Ce doit n'être qu'un rêve, pensa-t-elle, je n'ai pas mérité ce bonheur. » Le son vague d'un air d'orgue cherchait à s'infiltrer à travers le plexiglas du dôme. La chapelle de l'abbaye était juste à côté. « J'irai bien écouter cette musique plus tard, songea-t-elle, mais pour l'instant, je veux rester ici. Je voudrais que cette eau imprègne mon corps de ses sels médicinaux comme elle imprégnait jadis, dans une vie lointaine, mon corps d'enfant dans les bains de Budapest. Oui, je me sentirai mieux… »

— Je me sens déjà mieux, dit-elle tout fort en relâchant les muscles de son visage et en laissant échapper de sa bouche ouverte un son guttural involontaire.

Le frère Marius avait prévenu les visiteurs de ne pas prolonger indument leur première baignade et, pour tenir compte du temps, une clochette sonnait discrètement toutes les demi-heures. Au deuxième signal, Malvina et Sophie eurent le même réflexe. Le même réflexe de se tirer hors de l'eau et les mêmes regrets…

Malvina avait laissé sa serviette de bain tout près de l'endroit où elle était descendue dans l'eau. Elle s'en empara et la déposa précipitamment sur ses épaules. Même seule chez elle, dans l'intimité de sa maison, la pudeur l'empêchait de se sentir bien dans son corps nu. Le mouvement de son bras frôla l'oreille de Sophie.

— Pardon !

— De rien, dit Sophie en se secouant la tête et en passant les doigts dans ses cheveux mouillés pour les dégager de son crâne et leur redonner leurs frisettes. C'est dommage de sortir si vite, j'y serais restée sans fin.

— Moi aussi… L'eau permet d'échapper au temps.

Sophie examina sa voisine, une femme à l'allure quelque peu mystérieuse, enveloppée dans une serviette blanche, et elle hésita un instant sur le sens à donner à ses dernières paroles, qui évoquaient l'image d'un voilier glissant paisiblement sur l'eau à l'insu du temps…

Le regard de Malvina glissa presque sournoisement sur le corps de Sophie, de la tête aux pieds, ce corps encore jeune qui échappait malgré ses quarante ans à l'usure normale de l'âge. La peau mouillée de ses jambes était encore lisse et ferme. « Oui, l'eau permet d'échapper au temps », se répéta Malvina à elle-même.

— Vous êtes ici pour longtemps ?

— Seulement trois jours, répondit Sophie. C'est tout le temps que j'ai à ma disposition.

— Mes moyens me permettent seulement une semaine, ajouta Malvina avec un sourire.

Sur le coup, le son de ses propres paroles lui rappelèrent qu'elle était là par charité et elle regretta aussitôt d'avoir laissé échapper sa remarque.

— Oh… c'est quand même très bien… Et je compte surement y revenir. C'est bizarre qu'un lieu enchanteur, si proche, soit si peu connu.

— Vous êtes aussi de Laville ?

— Oui.

— Je vous ai vue monter dans le train, il me semble…

Derrière le mur amovible de la salle de déshabillage, Malvina laissa tomber sa serviette et s'empressa de remettre ses vêtements accrochés au mur.

— Je crois que votre chambre est juste à côté de la mienne. Peut-être qu'on se reverra…

— Oui, surement. Je m'appelle Sophie.

— Et moi, Malvina.

— Malvina… ?

— Király… Malvina Király, répondit-elle sous l'insistance du regard inquisiteur de Sophie.

Les deux femmes partirent chacune de leur côté, l'une attirée par l'invitation à se recueillir à la chapelle, l'autre par l'appel du cri des mouettes entrecoupé par le beuglement paresseux des vaches de l'Abbaye de la Bonne Vie.

« Je savais qu'elle était de descendance des pays de l'Europe de l'Est, se dit Sophie en s'éloignant. Je me trompe rarement sur l'origine des gens, sur la spécificité des traits de leur visage. »

Par le passé, Sophie avait souvent accompagné Barton un peu partout dans le monde, soit en voyages d'affaires, soit en vacances, mais, avec le temps, ils avaient fini par se lasser des paysages nouveaux. Les dépaysements restreints aux hôtels touristiques finissaient par trop se ressembler, et ils se sentaient isolés dans les pays où ils ne comprenaient pas la langue du peuple. Avec l'âge, leurs voyages d'agrément, devenus, par l'usure de l'habitude, de plus en plus rares, se définissaient d'abord et avant tout par un besoin de repos joint à la recherche d'un climat plus doux que celui de Laville en hiver.

Tout en s'éloignant à pied de l'abbaye et des bains thermaux, Sophie eut l'impression d'irréel qu'on éprouve en sortant dans la rue après le visionnement d'un film tourné dans un pays lointain. La brise du nord-est l'obligea à remonter à sa chambre chercher un chandail. Quelques minutes plus tard, lorsque disparut derrière elle l'œuvre des moines, elle se sentit envahie par une autre nature malmenée par les vents incessants, une nature n'offrant aucun réconfort, une nature suppliant qu'on reconnaisse à son existence même toutes ses luttes contre les intempéries du milieu… une nature à la mesure de son milieu. La route qui menait aux falaises du côté nord était sinueuse. Au bout, quelques rochers grisonnants recouverts d'un lichen asséché perçaient par-ci par-là la verdure des champs le long du littoral. Le paysage, qui évoquait certaines côtes d'Irlande et d'Écosse, était le lieu de pâturage du troupeau de brebis de l'abbaye. Sophie, rassurée par la présence de ces bêtes complaisantes, décida d'emprunter un des nombreux sentiers qu'elles avaient tracés à travers les champs dans toutes les directions. Elle voulut se rapprocher des brebis. Par moments, ses pieds s'enfonçaient dans la vase dissimulée sous une mousse moelleuse. Qu'importe ! Pourquoi se préoccuper d'une chaussure sale dans un lieu si dépourvu de toute trace humaine ?

Les bêlements dispersés des moutons furent soudain enterrés par le cri incessant de centaines de goélands qui apparurent sur les lieux. Décidément, d'un instant à l'autre, Sophie se sentit de plus en plus envahie. L'endroit leur appartenait. Elle s'assit alors discrètement face à la mer, le dos appuyé sur un rocher qui se trouvait à quelques mètres du bord de la falaise. Non loin d'elle, un vieux mouton engourdi, au ventre pendant et recouvert de mottes de vase séchée, s'arrêta pour la contempler d'un regard indifférent, comme celui de toutes les bêtes qui acceptent avec soumission la présence d'un humain dans leurs parages. Les goélands, eux, n'étaient guère rassurés. Ils redoublèrent leurs cris stridents et se mirent à voler toujours plus bas au-dessus de la tête de Sophie. Ils hurlaient un profond mécontentement. Sophie sentait par moments le vent de leurs ailes sur ses cheveux. « C'est inouï, pensa-t-elle, jamais je n'aurais imaginé une telle cacophonie… Je les crains… Que ferais-je s'ils décidaient tous de poser leurs pattes griffées sur moi au même moment ? »

Elle se recroquevilla sur elle-même, ramena ses genoux à son menton et tourna la tête pour examiner le rocher peint de taches de merde blanche. « Mais… je comprends maintenant ! Comment ai-je pu ne pas les voir plus tôt ? » Tout près d'elle, presque à portée de sa main, dans un nid fabriqué de brindilles d'herbe et d'algues séchées, il y avait, bien à la vue, trois œufs blanchâtres et tachetés. Sophie se leva précipitamment et sentit tout à coup une matière visqueuse s'écraser sur son épaule gauche. La tournure de la situation, devenue soudainement très cocasse, déclencha chez elle des éclats de fou rire. Elle s'éloigna du rocher à reculons en mêlant son rire aux cris des goélands, qui s'étaient déjà posés à terre et fouillaient le nid pour vérifier si tout était intact. Son départ vers l'abbaye rétablit l'harmonie dans les lieux. C'est du moins ce qu'elle imaginait en apercevant dans la distance les dômes de la Bonne Vie.

Malvina était plongée dans un recueillement profond, la tête appuyée contre ses bras sur le dos du banc de chapelle qui la séparait de la table à lampions. Une mèche qui venait de se noyer dans le fond de cire liquéfiée d'un lampion exhalait une fumée imprégnée de toutes les faveurs sollicitées par un fervent déjà reparti de l'ile des Frères. La senteur se mariait parfaitement à la mélodie lente de l'orgue qui vient de succéder au plain-chant ténor du frère Jacques. Combien d'heures, voire même de journées, avait-elle passées dans la contemplation religieuse, y cherchant le réconfort, le calme et le silence inhérents à tous les lieux de culte ? Elle adorait se retrouver dans une église. Dans une librairie de Laville, elle s'était acheté un livre sur toutes les grandes cathédrales de France, abondamment illustré en couleurs sobres. Le coin des pages était sali tellement elle l'avait regardé et relu. Chartres, Strasbourg, Amiens, Rouen… elle reconnaissait facilement chacune d'elles, et toutes les autres. Elle pouvait débiter leurs dates de construction, leurs dimensions, leurs particularités, leurs influences architecturales et elle était convaincue de pouvoir imaginer jusqu'à l'atmosphère froide des intérieurs, les parvis usés par les siècles, l'ardeur religieuse qui avait animé leur construction.

Mais, en ce moment précis, la pensée de Malvina s'échappait à des années de distance du lieu tranquille et sacré qui l'abritait. Elle en éprouva un mal inattendu à la fois singulier, bizarre et inquisiteur. Ses entrailles furent secouées par le souvenir d'un incident précis survenu le 13 avril, il y avait vingt ans, le jour même où elle avait pris la décision d'abandonner son travail à la boulangerie Fine Croute pour se donner pleinement à sa clientèle devenue de plus en plus nombreuse. Sur le fond sonore de l'orgue, elle revit avec une clarté déconcertante l'instant précis où elle avait annoncé à son patron qu'elle ne reviendrait plus travailler à la Fine Croute. La décision lui avait paru tout à fait naturelle, tellement naturelle qu'elle n'y avait pas réfléchi plus d'une journée, et elle était partie en laissant allègrement derrière elle tous les agréables souvenirs de son premier et seul véritable emploi à Laville. Elle revit les visages tantôt indifférents, tantôt joyeux ou tristes, les visages animés par des récits d'apparence banale mais dont les pièces enchevêtrées au cours des années finissaient par donner une image vivante et séduisante du quartier de sa boulangerie encroutée dans l'arrondissement aux Canards.

Malvina avait cru que sa décision était la bonne. On prend rarement, consciemment, une mauvaise décision. Le contact humain plus intime qui lui était indispensable serait surement accru, du moins sur le plan de la profondeur et de la qualité. Sa boule de cristal contenait l'avenir de tous ses clients, son avenir à elle aussi, sa vie.

Fragile boule de cristal. Pourquoi aujourd'hui dans la chapelle de l'Abbaye de la Bonne Vie, dans cette ile isolée, Malvina se sentait-elle soudain si désemparée ? Était-ce parce qu'elle avait laissé à Laville sa boule de cristal, le symbole de son lien vital avec le monde ? Était-ce la fatigue qu'elle avait éprouvée lors de sa dernière rencontre avec Barton qui revenait s'attaquer à son élan vital, dissimulée sous un autre masque ? Pourquoi la chapelle et son orgue venaient-ils de perdre leur effet de douce quiétude… ?

Un frisson déferla comme une vague de ses pieds à sa tête, entrainant dans son mouvement un sanglot étouffé par un serrement de la gorge. Malvina essaya de redresser la tête pour prendre une longue respiration, mais ses muscles restèrent immobiles, gelés, guettant le noir qui précéda un si bref instant la douleur aigüe qui lui perça le ventre. Et elle s'effondra dans le trou noir de l'inconscience, son corps coincé entre les bancs de la chapelle, son bras droit suspendu, inerte, au-dessus de sa tête. À cause du son de l'orgue, on n'entendit guère le bruit de sa chute, et si ce n'eût été du frère Jacques, qui rangeait son livre de cantiques et qui, par hasard, regarda vaguement vers l'avant de l'église, Malvina n'aurait pas été tout de suite secourue.

Le frère Jacques, épouvanté, tenta de la dégager d'entre les bancs, mais il s'aperçut vite qu'il ne pourrait y parvenir seul.

— Vite ! Au secours !

L'orgue s'arrêta brusquement en plein milieu d'une mesure sur une double croche.

— Vite ! À l'aide ! Une civière ! Madame s'est évanouie…

Le frère Jacques s'accroupit à côté de Malvina de façon

à pouvoir soutenir tant bien que mal sa tête sur ses genoux. Il prit son poignet et tâta son pouls, qui battait à bride abattue. Le souffle haletant de Malvina n'était pas rassurant. On aurait dit que quelque chose bloquait sa respiration et par moments, pour éviter l'étouffement, son corps s'agitait de convulsions. Le frère Jacques, confronté si brusquement à la fragilité de la vie, sentit que le temps s'était arrêté. Où bon Dieu pouvaient-ils être rendus ?

— Vite, dépêchez-vous ! hurla-t-il.

Et il entendit l'écho de sa voix se heurter aux regards fixes des saints figés dans les vitraux de la chapelle vide.

— Vite ! reprit-il en apercevant dans le contrejour de l'entrée la silhouette de trois secouristes. Par ici !

Même à quatre, ils eurent de la peine à dégager Malvina de la fâcheuse position dans laquelle l'avait plongée son corps en panne de vie. Ils la trainèrent à quelques pas de sa chute, dans l'allée centrale de la chapelle, et ils la déposèrent sur la civière en se demandant que faire ensuite. Pendant que le médecin de l'abbaye tâtait de nouveau son pouls et déboutonnait son chemisier pour glisser le bout de son stéthoscope sur sa poitrine, le frère Jacques, le regard fixé sur le visage vide et inexpressif de Malvina, baissa le bas de sa jupe pour lui couvrir les genoux. Malvina lui rappelait le souvenir de quelqu'un qu'il avait jadis connu mais dont il n'arrivait à préciser ni le nom, ni les circonstances de la rencontre. Il posa doucement sa main sur le front de Malvina pour repousser de ses yeux fermés une touffe de cheveux restée humide depuis sa sortie des bains thermaux.

— Tout me parait redevenu à peu près normal, dit le médecin en desserrant le brassard de son tensiomètre. Transportons-la à sa chambre, où elle pourra se reposer tranquillement pendant quelques heures.

— Mais, qu'est-ce qui pourrait bien être la cause de son malaise ? insista le frère Jacques.

— Un stress de longue durée… l'épuisement. Je ne sais pas. Il faudrait que je prenne connaissance de son dossier médical. Je vais lui donner un sédatif pour la détendre. Elle a besoin de dormir.

Sophie sortit de sa chambre en entendant l'agitation dans le couloir. Elle se précipita vers le lit de Malvina pour ouvrir les draps, et les hommes la déposèrent mollement sur le matelas. Elle observa le médecin, qui vérifiait le niveau de liquide dans sa seringue, et elle se mordit la lèvre inférieure en tressaillant lorsqu'il inséra l'aiguille dans le bras flasque de Malvina, qui ne broncha pas le moindrement. Après le départ des autres, Sophie ouvrit la fenêtre de la chambre d'une fente, baissa le rideau et recouvrit soigneusement Malvina de la courtepointe qui se trouvait sur le pied du lit. Elle resta là pendant un long moment à regarder Malvina coincée dans sa détresse. L'effet du calmant ne tarda pas à ralentir sa respiration, et Malvina plongea dans un sommeil si profond que même les rêves normaux y étaient pour l'instant interdits.

Le soleil s'était glissé derrière l'horizon, laissant aux confins de la mer, devenue calme pour la nuit, une lueur écarlate intense qui s'amincissait à vue d'œil. Sophie avait déposé sur sa table *Les mémoires d'Hadrien* pour regarder distraitement ce spectacle de sa fenêtre, lorsqu'elle entendit un toussotement dans la chambre voisine. Elle se précipita au chevet de Malvina et alluma la petite lumière de nuit branchée dans la prise de courant près de la penderie en chêne fabriquée dans les ateliers de l'ile. Malvina ne bougeait pas. Sophie glissa la main le long de son bras, qu'elle avait sorti de sous les couvertures, et prit sa main dans la sienne en la serrant légèrement de façon à obtenir une réaction. Rien.

— Malvina… Malvina.

On entendit, dehors, dans la distance, le jappement du chien de garde, qui suppliait le frère Marius de lâcher le morceau de bois qu'il faisait semblant de lancer pour le taquiner.

— Malvina, vous m'entendez ?

Sophie sentit la main de Malvina serrer mollement la sienne sans lâcher.

— Vous êtes réveillée, Malvina ?

Celle-ci ouvrit languissamment les yeux et les fixa sur Sophie, pour ne voir qu'une image floue de la femme qu'elle ne connaissait guère. Son regard, engourdi par le médicament, reflétait le plus pitoyable délaissement, comme si l'humanité entière l'avait abandonnée sur le bord d'une route déserte. Elle serra un peu plus fort la main de Sophie comme un enfant qui a peur, et cette image de Malvina toucha Sophie si profondément qu'elle resterait à jamais gravée dans sa mémoire comme une photo en trois dimensions.

— Ça va aller, Malvina. Vous avez besoin de repos. Rassurez-vous.

Ces paroles résonnèrent dans la tête de Malvina comme des notes de musique échappées au hasard, dépourvues de mélodie ou de sens. Elle tourna la tête vers le mur et referma les yeux. Sophie se pencha tout près de son oreille en pensant qu'il serait vraiment inutile de songer à lui mettre sa robe de nuit.

— Si vous avez besoin de moi, je suis juste à côté.

Et Malvina ne se rendit même pas compte que Sophie effleura sa joue d'un baiser avant de regagner sa chambre.

Les curistes avaient tous appris le malheur de Malvina. La rumeur fit rapidement le tour des tables du réfectoire à l'heure du souper, mais personne n'entra dans les détails comme l'auraient fait des proches. Malvina n'était qu'une autre femme aperçue au hasard, dont la corpulence suscitait chez d'aucuns un bref réflexe de pitié. Un corps qu'on oubliait aussitôt.

La première soirée à l'abbaye fut marquée par une visite discrète des lieux, par les tâtonnements les plus conventionnels visant à nouer de nouvelles amitiés et par une fatigue générale qui appela au lit tous et chacun environ une heure plus tôt que les soirs qui allaient suivre. Dans le silence de leurs chambres, avant de s'endormir, quelques visiteurs se demandèrent même s'ils avaient eu raison de choisir un lieu aussi invraisemblable pour venir se reposer.

Sophie ne pouvait enlever de son idée l'image de Malvina et elle ne prêta aucune attention à tous les menus détails sur le confort de l'abbaye qui préoccupaient les autres. À la place, elle éprouvait un sentiment indescriptible de bienêtre, comme celui qui se fait sentir lorsqu'on donne spontanément un cadeau justement apprécié. La chaleur reposante qui se répandait dans son corps ressemblait drôlement à la chaleur découverte dans les eaux thermales quelques heures plus tôt. Elle eut le gout de voir Barton. Oui, Barton en chair et en os. Elle aurait voulu partager avec lui cette journée spéciale de sa vie. Elle sentait même qu'il en faisait vaguement partie. Elle pouvait entendre sa voix rassurante lui chuchoter à l'oreille : « Oui, il faut aider Malvina Király. Je vais y voir… » « Barton, pensa-t-elle, je te voudrais ici, à mes côtés. J'aurais dû insister pour que tu viennes. Cette ile est un lieu unique… » Faute de mieux, elle imagina le corps de Barton allongé contre le sien, sa main familière qui lui dessinait parfois de longues caresses en effleurant tout doucement du bout des doigts tous les contours de la peau de son visage de femme. Et après un bon moment de cette rêverie passive, elle se tourna brusquement sur le ventre, enfonça le visage dans son oreiller et lâcha d'un seul souffle : « Reste là, Barton. Ne me quitte pas… »

L'eau permet d'échapper au temps… tout comme les nuits qui nous plongent dans le néant avec la rigidité des heures qui se succèdent. Seulement, contrairement à la nuit, le mouvement de l'eau, avec sa lenteur et sa fluidité, se vit dans un état d'éveil et il est plus difficile d'y saisir son élément intemporel. C'est dans un coin obscur de son cerveau éveillé de jeune fille que Malvina avait premièrement formulé cette thèse au cours de sa seule et unique traversée de l'Atlantique à bord d'un bateau de la marine marchande grecque du nom de *P.P. Poulos*.

Dès le départ de la longue traversée, Malvina avait décidé de mettre sa montre de côté et de vivre, au gré des vagues, des astres et du vent, l'expérience salutaire d'avancer vers son Nouveau Monde. Il lui semblait qu'elle pourrait ainsi revivre les périples de tous les grands explorateurs. À mesure qu'elle accumulait dans sa tête les images à la fois distinctes et semblables de la mer qui l'entourait, elle comprit de plus en plus clairement qu'elle laissait derrière elle les générations qui l'avaient précédée, la terre qui avait nourri ces générations, les frontières qui définissaient ces terres… et les guerres qui voulaient repousser ces frontières. Oui, l'eau avait permis à Malvina d'échapper au fil du temps. Il y eut aussi, pendant son voyage, des moments de nuages épais et de grosses vagues, où ses réflexions se mirent à défiler dans sa tête à la vitesse vertigineuse du mal de mer : s'il n'y avait pas de nuages, il n'y aurait pas d'eau ; s'il n'y avait pas d'eau, il n'y aurait pas de mer ; s'il n'y avait pas de mer, il n'y aurait pas de terre ; s'il n'y avait pas de terre, il n'y aurait pas de pays… Et la jeune Malvina, seule sur le pont arrière du *P.P. Poulos*, à l'abri des embruns, s'efforça avec toute la volonté de son être de ne pas vomir, de ne pas se laisser vaincre par les éléments.

Dans le néant de la nuit, l'étale de la marée haute avait ralenti le flux des courants autour de l'ile des Frères. L'eau chaude continuait son mouvement ascendant dans les bains thermaux même si les lieux étaient déserts. Tout était calme. Même les animaux de l'abbaye dormaient paisiblement et ils ne se rendirent aucunement compte d'un grondement obscur de tonnerre. À peine quelques instants plus tard, une pluie torrentielle s'abattit sur le toit de l'abbaye et Malvina, qui n'était plus sous les effets du sédatif et qui était revenue dans son monde de rêves, entendit quelques coups empressés à sa porte.

— J'arrive !

Barton avait déjà la main sur la poignée lorsqu'il entendit la clef tourner dans la serrure.

— Mais, vous êtes tout mouillés !

— Oui, nous nous sommes fait prendre dans ce sale temps.

— Il faut apprendre à observer la météo pour pouvoir la prédire.

— Je vous présente mon fils, Alex. Il insistait pour faire votre connaissance. Vous avez votre boule ?

— Oui, dans ma valise à côté. Je la sors. Alex, qu'est-ce que vous voudriez savoir ?

— Je veux tout savoir… tout !

Malvina soupira et regarda Barton d'un air songeur.

— Vous êtes d'accord ?

— Oui, c'est bien ce qu'il veut, n'est-ce pas ?

— Ça va prendre du temps. Vous devez sortir, Barton.

— Comment ? C'est mon fils, nous sommes ensemble !

— Je n'ai pas le choix. C'est la règle du jeu.

— Mais, j'insiste. Vous me devez…

Sophie fut réveillée brusquement par le fracas d'un coup de tonnerre et se leva aussitôt pour fermer la fenêtre afin d'empêcher la pluie d'envahir sa chambre. La marée était perdante depuis au moins deux heures et la première lueur du jour cherchait déjà à s'installer dans l'ile. « Malvina. Oui, Malvina. Je vais vérifier comment va Malvina », pensa-t-elle en ouvrant la porte de sa chambre. Un cri s'étouffa dans sa gorge, comme dans un cauchemar où la peur nous empêche de crier. Un homme était là, debout, les deux bras arcboutés contre le cadre, l'oreille tendue contre sa porte. Il ne bougeait pas.

— Mais, mais qu'est-ce que vous voulez ! ?

Avec un mouvement somnambulesque, ses bras tombèrent à ses côtés. C'était le frère Jacques. En apercevant Sophie, son regard reprit un air vaguement éveillé.

— Chut ! S'il vous plait, ne dites rien, balbutia-t-il en s'éloignant dans la semi-obscurité du corridor.

Sophie ouvrit la porte de la chambre de Malvina. Le cœur palpitant encore de peur, elle fut rassurée par le calme de sa respiration. On aurait même dit que son visage endormi avait pris un air de contentement. De retour dans son lit, Sophie eut de la peine à se rendormir. Ce n'est qu'en ressassant dans sa tête, comme un mantra, le refrain de la chanson *Frère Jacques* qu'elle finit par sombrer dans un sommeil matinal.

ARIANE@PARIS

Ariane, ton texte me laisse bouche bée. Je ne veux que lire la suite. Je m'amuse à imaginer des suites à ton récit, sachant très bien que la suite n'appartient qu'à toi. Mon cœur bouillonne d'une fierté que seule une mère peut connaitre devant la réussite de son enfant. Je te laisse donc comme on laisse un enfant partir à la guerre, tout en étant rassurée que ton conflit soit parsemé de jardins de fleurs et que tes fusils ne tuent pas.

Merci d'être là, Mame, merci… Ne me quitte pas.

À partir du mois de juin, l'activité battait son plein à Laville vingt-quatre heures par jour. La vie nocturne avait à peine le temps de s'apaiser avant que les fêtards se laissent surprendre par le lever du jour. C'est à ce moment-là que restaurants et cafés remplaçaient leurs équipes de travail, qui profitaient de la première lueur de clarté, entre le départ des uns et l'arrivée des autres, pour faire un peu de nettoyage et remettre tout en ordre. C'est à ce moment-là aussi que s'éveillaient les quartiers d'immigrants, que les marchands d'alimentation s'apprêtaient à monter leurs stands et qu'aux bouches de ventilation des boulangeries on respirait déjà des bouffées d'un arôme de pain, de croissants et de pâtisseries.

C'est Alex qui avait la responsabilité de relancer la journée au Gaspareau ce matin. Tout en essuyant l'humidité sur le siège des chaises de la terrasse, il sifflotait dans le but d'attirer l'attention d'Anonymousse, un énorme chat noir n'appartenant à personne, qu'il avait lui-même baptisé de ce nom. Chaque matin, Anonymousse faisait sa ronde des lieux, flairant les sacs à ordures. Aujourd'hui, l'odeur des arêtes de maquereau chatouillait impitoyablement ses narines de chat.

— Allez, ouste ! File… dit Alex juste à temps pour éviter une déchirure de griffes sur un sac à ordures.

Anonymousse fit un bond derrière l'amas de sacs et se recroquevilla sur lui-même de façon à pouvoir guetter du coin de l'œil le moment propice pour relancer sa stratégie.

Un tel délice ne s'abandonne pas si facilement. Il en avait l'habitude dans ce quartier de restaurants qui était son lieu de prédilection. Sa taille confirmait son habileté à dégarnir les poubelles de leurs trésors gastronomiques. De plus, usant de son charme félin tard dans la veillée, il réussissait également à s'attirer le regard des clients sur les terrasses et à leur soutirer quelques restants trainant dans leur assiette. Somme toute, lui et ses compagnons qui avaient adopté à peu près la même existence vivaient mieux que les rares clochards qui galvaudaient dans les rues de Laville.

Anonymousse fit un deuxième bond pour éviter le paquet de journaux que le livreur jeta ostensiblement dans sa direction. La dernière édition de *Laville Nouvelle*, à peine sortie des presses, sentait encore l'encre fraiche. Alex sortit son couteau de poche pour dégager les journaux qu'il offrirait à ses clients. La une de ce matin lui donna la chair de poule dans le dos : « Prise d'otages dans une centrale nucléaire du Kazakhstan… » « Encore un évènement inqualifiable qui mobilisera la presse mondiale pendant les prochains jours », songea Alex en s'arrêtant pour lire les détails.

La manchette suffisait pour lui rappeler la précarité de la situation mondiale, le globe terrestre se trouvant ce matin, encore une fois, réduit à l'échelle d'un échiquier sur lequel quelques individus joueraient, au cours des prochaines heures, les pions du pouvoir politique mondial en faisant fi du désir de paix qu'éprouvait le monde entier. « Combien de personnes connaissent la puissance réelle des réacteurs renfermés dans ces immenses tours de béton d'où s'échappe paresseusement une innocente vapeur blanche ? » pensa Alex. Laville, cette ville qui l'avait vu naitre et grandir, cette ville qu'il aimait profondément et qui lui appartenait en quelque sorte, lui parut soudain, pendant un instant, une ville comme toutes les autres, aussi menacée, aussi vulnérable. Une vague angoisse lui saisit le cœur.

— C'est peut-être mieux que tu ne le lises pas, dit-il à Nathalie en déposant un exemplaire du journal sur la table.

— Passe-moi la section culture. Je vais choisir un film pour ce soir.

Alex s'assit en face d'elle pour parcourir rapidement les articles de la première page. Lorsqu'il but la dernière goutte de son café, il déposa sa tasse sur la table, saisit la main de Nathalie et la regarda dans le fond des yeux avec un air d'abandon.

— Nous retournerons chez moi après demain ? dit-elle.

— Oui, dès que Sophie arrivera, nous prendrons la route.

— Je suis bien contente d'avoir pu découvrir Laville avec toi. Je la connaissais si peu avant de te rencontrer. Elle prend un aspect féerique la nuit.

— Tu connais cette phrase presque usée à force d'être citée : la beauté est dans les yeux de ceux qui la regardent. Je vois la réflexion de Laville dans le fond de tes yeux, Nathalie. T'aimerais vivre ici ?

— Pas trop vite ! Donne-moi le temps de faire encore quelques visites... Laisse-moi voir aussi à quoi elle ressemble en hiver.

— Okay... Prenons une saison à la fois. Je suis convaincu que cet été sera le plus bel été de ma vie. Nous ferons plein de projets ensemble.

Anonymousse vint se blottir contre la jambe de Nathalie. Elle voulut le prendre dans ses bras, mais il bondit en arrière et la fixa, immobile, de ses yeux bleus perçants. Il semblait avoir envie de jouer et, en même temps, il voulait découvrir qui était cette nouvelle venue dans la famille des Saunier.

— Viens. Viens ici sur mes genoux un moment, Anonymousse. Je veux te raconter un secret.

Il la regarda un instant de plus et avança timidement une patte dans sa direction. Lorsqu'elle le saisit, il lui abandonna son corps, qui devint flasque et inerte dans ses bras. Dès qu'Anonymousse sentit le menton de sa nouvelle amie se frotter sur son front, il ferma les yeux et Nathalie accueillit la douce vibration de son ronronnement contre sa poitrine.

— T'es un bien gentil minou, Anonymousse…

C'était justement les paroles qu'il voulait entendre. Il aurait voulu demeurer là pendant le reste des temps.

— Tiens, voilà Barton qui arrive avec sa mine du matin, dit Alex.

— Sa mine du matin ?

— Une mine de chien… Son seul objectif est de se cacher derrière les pages de son journal. Il est toujours somnolent avant son premier café. Regarde bien ce qu'il va faire.

Anonymousse ouvrit les yeux et tourna la tête vers Barton.

— Ne l'écoute pas, Nathalie. Il raconte des balivernes, dit Barton en s'approchant de leur table.

Les pattes de fer de la chaise qu'il tira pour s'assoir raclèrent la surface rugueuse des tuiles de la terrasse. Il déposa son journal sur la table. Le serveur lui apporta son café. En prenant sa première gorgée, Barton posa un regard avide sur les deux jeunes pour déjouer les paroles de son fils.

— Parlons de plans d'été… parlons d'affaires !

— Justement, dit Alex, la nuit a porté conseil. Nathalie et moi, nous avons fait nos plans pour les prochains mois la nuit dernière.

— Tu es en train de me dire que tu passes tes nuits à lui parler d'affaires ?

— Ç'a pas pris toute la nuit… J'avons eu du temps en masse pour danser, s'empressa d'ajouter Nathalie avec le sourire complice d'Alex.

— Les choses se précisent dans ma tête, Barton. Je ne veux pas rater mon coup avec cette affaire. Depuis ton dernier départ pour l'Europe, j'ai passé une semaine à notre laboratoire culinaire pour faire quelques essais. Au début, je songeais uniquement à une ligne de produits très spécialisés, à un genre de mets qui se présenteraient bien en hors-d'œuvre marinés ou cuits. Mais plus j'y songe, plus je suis attiré par l'idée de créer une ligne de produits fast-food entièrement à partir de fruits de mer.

— Pas juste avec la grosse coque ?

— Non, pas juste avec la grosse coque. Ce mollusque demeure mon point de départ, mais mon projet à long terme est beaucoup plus diversifié. Tu vois, il n'existe pas de chaine de restauration rapide qui exploite à fond et de manière exclusive le gout des fruits de mer. Enfin… je veux vraiment exploiter les différents goûts subtils. Je ne veux pas que tous mes mets finissent pas gouter la même chose comme dans le fast food italien, où l'on noie tous les aliments dans une même sauce tomate recouverte d'un fromage caoutchouteux.

— Tu rêves à un Macdo version fruits de mer, alors.

— Exactement.

— Tu ne penses pas que tes gouts sont peut-être un peu trop raffinés pour la masse ?

— Non. Je suis capable d'exploiter les gouts dans des formules originales qui vont surprendre les gens. Le développement des produits et la stratégie de marketing prendront plusieurs mois, mais je crois dur comme fer à mon idée. Je vais aussi examiner la possibilité de produire certains fruits de mer en aquaculture. Déjà, je compte m'attaquer à cette idée en retournant à Saulnierville cette semaine.

— Je vois bien que pour l'instant j'ai peu de choses à ajouter à ton projet. Tu sembles très bien lancé sur une bonne piste, dit Barton en regardant glisser doucement sur les eaux du canal en face du Gaspareau le *Phare des brumes*, un modeste dragueur de pétoncles se dirigeant vers la baie Française. Il se rappela un voyage qu'il avait fait sur un bateau semblable accompagné d'Alex, qui avait choisi de faire un travail scolaire sur ce type de pêche. Il n'avait alors que dix ans, mais il semblait à Barton que ce n'était qu'hier.

C'est probablement le rêve de tous les pères de voir leurs fils si bien s'intégrer dans les affaires familiales, songea Barton, mais ce matin il sentait que quelque chose manquait au tableau, comme si le passage trop rapide du temps lui avait arraché son fils sans qu'il ait eu le temps de vraiment le connaitre. Admirait-il secrètement la manière désinvolte qu'avait Alex d'organiser ses journées de façon à toujours se réserver des moments de loisir et de détente ? Il n'avait certes pas appris cet art de son père. Était-ce la présence de Nathalie qui lui signalait un nouvel éloignement de son fils ? Soudain, Barton se sentit seul, très seul. Un nœud serré et lancinant se fit sentir en plein milieu de son ventre même s'il n'avait aucune raison de se sentir ainsi dans les circonstances. Il vida sa tasse de café d'un trait et indiqua à Alex de lui en apporter une autre.

— Tu vois, Nathalie, il n'a pas pu tenir le coup. Regarde-le sombrer dans sa mine de chien…

Le sifflement inattendu d'un geai bleu accosté sur une branche de cerisier tout près de la table perça les airs. Anonymousse bondit à terre en plantant les griffes de ses pattes arrière dans la cuisse gauche de Nathalie.

— Yâye ! lança-t-elle.

— Il reste un dernier détail à régler à propos de mon projet avant que nous allions faire un tour au laboratoire, dit Alex en déposant la tasse de café devant son père. J'espère que tu seras d'accord.

— Je t'écoute.

— Je voudrais faire un voyage d'environ deux semaines cet été… au Japon. Pour étudier différents menus, m'inspirer un peu, raffiner davantage mon sens du gout.

Barton eut un moment de silence.

— Je n'ai pas d'objections. Je pense même que c'est une excellente idée, dit-il, le regard fixé distraitement de l'autre côté du canal du Retour.

— Juste un autre petit détail… ajouta Alex avec un soupçon d'hésitation. Je voudrais bien que Nathalie m'accompagne.

Barton dévisagea d'abord Alex et ensuite Nathalie qui, visiblement, venait de prendre conscience du projet. Le visage de la jeune fille prit une telle mine extatique qu'il n'avait pas le choix.

— Pourquoi pas ! C'est toujours plus agréable de ne pas voyager seul, ajouta-t-il très spontanément.

— Nous passerons à l'agence de voyage ce matin même, dit Alex en serrant Nathalie dans ses bras. Viens, allons-y tout de suite.

Barton resta pensif. Le départ d'Alex et de Nathalie le soulagea quelque peu, le laissant seul avec ce malaise qu'il n'avait jamais encore ressenti avec une telle insistance. Normalement, il aurait eu l'idée de rendre visite à Malvina pour essayer de dissiper cette agitation intérieure qui le tourmentait, mais ce matin elle n'était pas là. La fatigue du décalage horaire n'était pas un argument de poids pour expliquer son état. Il savait que c'était plus profond. L'angoisse qui s'était installée sournoisement en lui refusait de le lâcher. Barton avait toujours cru qu'il était tout à fait en mesure de se tenir à l'abri du stress. Après tout, il avait bien réussi à le faire jusqu'à présent. Pourquoi ce matin les choses seraient-elles différentes ? « Je ne peux laisser ce sentiment me vider de mon énergie comme ça », songea-t-il. Il ouvrit son porte-document, en retira son téléphone cellulaire et composa le numéro de son bureau.

— Je dois m'absenter pour la journée. En cas d'urgence, vous pouvez laisser un message à ma résidence. Je serai de retour en ville demain.

Barton marcha d'un pas rapide vers sa voiture stationnée derrière le restaurant. Il déposa son portedocument dans le coffre, dénoua sa cravate et la jeta sur le pneu de rechange. Installé au volant, il glissa sa main droite entre les sièges pour saisir le disque compact du concerto dissonant de Tchaïkovski interprété par l'Orchestre symphonique de Vienne, et il l'inséra dans son lecteur. « J'ai besoin de me retrouver seul », pensa-t-il tout en réglant le volume en sourdine. Au bout du canal du Retour Ouest, il tourna à droite pour prendre la voie rapide qui le conduirait vers les sommets des montagnes du Nord.

MAME@LABAIE

Je suis un peu déconcertée en ce moment parce que je n'ai aucune idée de l'endroit où Barton est parti.

ARIANE@PARIS

Ne te laisse pas dérouter par ce détail. Retourne à l'abbaye. Tu y trouveras probablement la réponse.

MAME@LABAIE

Merci pour ce conseil. Tu as « probablement » raison.

Le réfectoire de l'Abbaye de la Bonne Vie donnait sur un jardin magnifique entouré d'une muraille en basalte de trois mètres drapée de différentes variétés de vigne. Des mélèzes majestueux, que les frères appelaient des « violons », surplombaient les murs à l'extérieur, de manière à offrir une plus haute protection contre les vents et à diminuer les rafales dans le jardin. L'orientation de l'abbaye avait été choisie de façon à profiter d'une exposition au sud. Deux des frères de l'abbaye avaient pour unique responsabilité l'aménagement et l'entretien des platebandes de fleurs. Tout au long de la saison de floraison, un judicieux équilibre d'espèces vivaces et annuelles offrait un agréable mélange de teintes et d'arômes. Ce matin, après la pluie, les senteurs étaient particulièrement prononcées.

— Assoyons-nous près de ce chèvrefeuille du Canada. Nous pourrons mieux observer le travail des abeilles, dit Malvina en humant à pleins poumons le parfum mielleux de ses fleurs et en tendant la main pour examiner de plus près une tige de l'arbuste grimpant.

— C'est merveilleux de voir que la végétation est en avance d'à peu près deux semaines sur Laville, dit Sophie. Ce lieu a quelque chose de bien spécial, on le ressent. Je vous avoue franchement qu'hier soir je n'aurais jamais cru que vous m'accompagneriez ici ce matin !

— Cet évanouissement est chose du passé. Je sens que j'ai repris à peu près toutes mes forces.

— Ça vous arrive souvent ?

— Non… le malaise que j'ai subi a un rapport direct avec ce lieu. Ces bains m'attendaient, mais je n'ai pas su me préparer pour le choc de leurs effets sur mon corps.

— Vous connaissiez déjà ces lieux ?

— Non, c'est pourquoi la force de l'eau m'a prise par surprise… comme si je m'étais retrouvée dans les bains de mon enfance à Budapest.

En disant ces paroles, elle posa les yeux sur Sophie et elle capta son regard avec un bref sourire. Elle prit une profonde respiration et elle esquissa un mouvement de la main vers le haut de la muraille en face d'elle, vers le bleu limpide du ciel purifié par le passage de l'orage.

— Vous avez remarqué les différentes espèces d'oiseaux qui fréquentent ces lieux ?

— Non, pas vraiment, seulement les goélands… D'ailleurs, c'est plutôt eux qui m'ont remarquée hier. Je ne crois pas qu'ils m'aient tellement appréciée !

— Nous pourrions faire une randonnée d'observation plus tard aujourd'hui, si cela peut vous plaire. Peut-être en après-midi ?

— D'accord. On dit qu'il y a de magnifiques sentiers sur le littoral sud de l'ile.

Malvina enfonça sa cuillère dans son demi-pamplemousse pour détacher un restant de chair et elle gratta l'intérieur de la pelure pour y puiser les dernières gouttes de jus. Une gelée de framboises maison dans un contenant d'argile bleu et un panier de croissants frais, encore chauds, guettaient les deux femmes au milieu de la table.

— Ça marche toujours pour le rendez-vous demain matin, Madame Malvina ? dit le frère Jacques en arrivant pour remplir d'un mouvement de poignet ferme leurs deux tasses de café.

— Oui, j'y serai avant l'aube, répondit-elle tout bonnement.

Tandis qu'elle remuait la crème dans son café, ces dernières paroles s'immobilisèrent comme des points de suspension dans la tête de Sophie. Allaient-ils préciser leurs plans ? Sophie avait toujours aimé écouter les gens. Comme elle n'aimait pas se faire brusquer par des questions impertinentes, elle avait elle-même consciemment choisi de ne pas s'imposer aux autres de cette manière. Ce matin, sur la scène de l'Abbaye de la Bonne Vie, elle se dit qu'elle devait laisser la journée évoluer à son propre rythme. Malvina, avec son attitude mystique qui commandait le plus grand des respects, se mariait bien au lieu.

— Vous vous intéressez au théâtre, Malvina ?

— Je me tiens au courant de ce qui se fait à Laville par les journaux. Mais je dois vous confier que je ne suis jamais allée dans une salle voir une pièce se jouer sur scène. C'est une forme d'art qui offre beaucoup de liberté d'expression. Vous vous y connaissez sans doute beaucoup mieux que moi.

— Le travail que je fais au Théâtre de l'Impasse depuis maintenant dix ans me plait beaucoup. C'est surtout la publicité qui occupe mon temps ces jours-ci, mais je fréquente aussi les écrivains et les metteurs en scène.

— Vous n'avez jamais songé à présenter vos propres textes ?

— J'ai préféré travailler en équipe jusqu'à présent. Je me vois d'abord comme une personne d'arrière-scène.

— Je comprends. Le jeu de l'arrière-scène est plus confortable, moins compromettant… et souvent plus intéressant, ajouta Malvina.

Elle se pencha pour ramasser la serviette qui était tombée

de ses genoux et la secoua pour libérer quelques miettes de croissant. Au milieu de la terrasse, une statue en bronze d'une femme grandeur nature en train d'arroser son jardin était esthétiquement intégrée à la structure d'une fontaine imposante. Plusieurs bassins en forme de coquilles de mollusques disposées en gradins accueillaient les cascades de la fontaine. Le gazouillis de l'eau se mêlait à celui des oiseaux qui venaient s'y abreuver. De temps à autre, ils agitaient leurs ailes pour éclabousser l'eau. Les curistes attendaient le son de la cloche qui les convoquerait dans quelques minutes à la première rencontre du programme officiel de la semaine. Ils étaient libres d'y assister. Ceux qui préféraient s'abstenir pouvaient choisir parmi les autres attraits de l'ile.

Une demi-heure plus tard, Sophie, qui s'était échappée du groupe, se retrouvait à l'intérieur de l'ile dans un verger non loin des dômes des bains thermaux. Elle s'installa sur un banc en bois massif avec son journal personnel et elle laissa glisser sa plume, s'arrêtant à peine pour donner au flot de l'encre le temps de reprendre son souffle.

Cher univers… Je te remercie de m'avoir amenée en ces lieux. Encore une fois, tu m'as fait voir l'importance de me laisser guider par mon intuition. Merci d'avoir placé Malvina sur ma route. Cette femme a beaucoup de vérités à me faire découvrir, et je suis certaine qu'elle réussira à le faire dans les trois brèves journées que nous passerons ensemble ici, à l'Abbaye de la Bonne Vie. Je veux profiter pleinement de tous les instants qui me sont offerts dans ce merveilleux décor.

L'accueil a été très chaleureux. Je suis sensible à tous les menus détails agencés par les frères avec un véritable art pour faire de ce lieu un petit paradis sur terre. Quel merveilleux équilibre entre le travail de l'homme et celui de la nature. J'y découvre le vrai sens du respect. Comment pouvais-je ignorer l'existence même de cette ile si près de chez moi ?

Dans un autre ordre d'idées, je voudrais te dire que mon travail personnel dans le domaine des rêves progresse très bien. Grâce à cette bande sonore que j'écoute religieusement chaque soir avant de m'endormir, je suis capable d'atteindre un niveau de relaxation très profond et je m'endors, façon de parler, « avec un œil ouvert » dans le monde de l'inconscient. Je consigne dans un autre journal le récit de mes aventures oniriques, mais je compte sur les forces de l'univers pour m'aider à y découvrir des liens toujours plus significatifs avec la vie de tous les jours et, surtout, avec mon passé. Car Dieu sait (et l'univers aussi !) que le chemin que j'ai déjà parcouru n'a pas toujours eu une signification évidente.

Je te laisse sur ces quelques réflexions et te reviens sous peu, le temps de découvrir quelques autres coins de cette ile et, peut-être, faire de nouvelles rencontres.

Sophie accrocha sa plume à la couverture de son cahier, qu'elle posa soigneusement au fond de son sac à dos. Elle se leva et étira les bras au-dessus de sa tête, les immobilisant en l'air comme pour saisir avec ses mains ouvertes les rayons de lumière du soleil matinal. Elle se sentait en paix. Écrire dans son journal lui donnait toujours ce sentiment. Le volume des pages écrites au cours des années était un signe tangible de sa recherche constante d'une paix intérieure. Le journal était son projet personnel. Personne n'y avait accès, même pas Barton.

Elle s'éloigna du verger vers une forêt d'épinettes au centre de l'ile. La lumière, tamisée par les branches épaisses, y était plus douce et plus fraiche. Elle marcha dans le sous-bois jusqu'à ce qu'elle trouve une petite clairière suffisamment grande pour faire les quelques exercices d'assouplissement qu'elle exécutait tous les matins. En déposant son sac à terre, elle s'arrêta un moment pour écouter attentivement le silence de la nature, meublé par le sifflement discret de quelques insectes et le chant des oiseaux. Sous ses pieds, le tapis brun d'aiguilles d'épinette semblait donner une plus grande agilité au poids de son corps.

Après le repas du midi, Malvina se présenta sur la véranda de la résidence pour attendre Sophie. En apercevant Malvina, on avisait d'abord le bec de sa casquette de paille orné d'un motif floral en différentes teintes de rose. L'ombre produite par le chapeau lui couvrait le visage et débordait sur sa poitrine. Une jupe ample en coton à fines rayures verticales bleu marine lui tombait à mi-jambes et ondulait sous la légère brise de l'après-midi. Le chandail noir qui reposait sur ses épaules avait dégarni plus d'une brebis. Autour de son cou, à côté de son pendentif en forme de croix stylisée, pendait une vieille paire de jumelles légères semblables à celles que l'on utilise à l'opéra.

— Je suis prête, dit-elle en voyant sortir Sophie.

Elles se mirent en route vers le sentier. Malvina avait pris une canne pour l'aider à supporter son poids et réduire au minimum le trainement de sa jambe gauche, affaiblie par l'arthrite de sa hanche.

— Elle a du style, votre canne, dit Sophie en cherchant à voir la figure sculptée dans l'ébène du manche.

— C'est un aigle, expliqua Malvina en le lui montrant tout en plissant les yeux pour estimer la longueur du sentier qui se dressait devant elle. Cette canne appartenait à ma grand-mère. Lorsque j'étais fillette, c'est elle qui m'accompagnait tous les jours dans le parc public qui surplombait la ville de Budapest du côté *Buda* de la ville. Tous les enfants du quartier y venaient avec les grands-parents. Parfois, nous empruntions toutes les cannes de nos grands-parents afin de former un rectangle pour jouer au ballon chasseur. Je me demande si cette tradition est encore vivante là-bas.

— Ici, nous avons perdu ce type de contact entre les générations.

— C'est malheureux. Marguerite Yourcenar disait dans *Archives du Nord* : « Plus je vieillis moi-même, plus je constate que l'enfance et la vieillesse, non seulement se rejoignent, mais encore sont les deux états les plus profonds qu'il nous soit donné de vivre. »

Malvina continua quelques pas en silence. Le sentier longeait la côte, mais une lisière de sapins hardis parsemés de quelques feuillus le séparait de la mer. L'écho paresseux du ressac des vagues guidait la cadence des deux femmes. À chaque pas, Malvina appuyait le poids de son corps sur sa canne comme s'il s'agissait d'une troisième jambe. Elle se déplaçait machinalement mais avec précaution, laissant son regard absorber tout ce que pouvait lui offrir la nature qui l'entourait.

— Tenez, regardez là-bas sur le bout de la petite pointe. Les cormorans sont réunis pour surveiller la marée perdante dans l'espoir d'y trouver de la nourriture.

Malvina s'approcha d'un sapin aux branches dépouillées de toutes ses aiguilles, à l'écorce rude et grisonnée. Elle glissa sa main sur le tronc et approcha son visage pour examiner de plus près la formation de champignons jaunes qui poussaient comme des fleurettes dans la matière desséchée.

— Ce résineux a revêtu sa parure funèbre. Tu vois, un cormoran l'a choisi comme site de son nid, et ce sont les excréments de cette famille d'oiseaux qui lui ont arraché la vie. Il ne lui reste qu'à attendre le coup de vent… ou le coup de hache fatal qui lui coupera les pieds. Il aura accompli une mission différente de celle de ses voisins. À chacun sa mission dans ce monde.

— Il suffit de découvrir quelle est sa mission, vous me direz ! Pour un arbre, ça me parait facile ; mais pour moi, ce n'est pas toujours évident.

— Il faut avoir l'esprit ouvert à toutes les possibilités. Surtout, il ne faut pas chercher trop loin, dit Malvina en se penchant pour ramasser un morceau de coquille d'œuf sur le gravier au milieu du sentier. La vie nous offre une abondance de choix, mais plusieurs personnes ne le voient pas. Et si l'on se laisse guider sur cette piste, on découvre que la vie est très abondante et que nous devons faire des choix. C'est là qu'entre l'idée que nous pouvons demander à l'univers de nous donner des expériences, des personnes et même des animaux, des plantes ou des objets qui nous aideront à devenir plus sages, à atteindre nos buts. Demandez, et vous recevrez… La vérité de cette phrase qui a traversé tant de siècles nous échappe encore trop souvent.

Ces pensées coulaient de la bouche de Malvina comme si elle se les disait à elle-même, tout naturellement, comme un verre d'eau trop plein qui déborde. On devinait même qu'elle se parlait ainsi lorsqu'elle se retrouvait seule.

— Vous avez déjà observé des hérons qui nourrissent leurs petits ? dit Malvina en pointant avec sa canne une mare d'eau où l'un de ces oiseaux imperturbables se tenait majestueusement.

— Je les connais seulement pour les avoir observés de loin dans la réserve ornithologique en banlieue de Laville.

— Lorsque les petits sont encore dans le nid, trop faibles pour voler de leurs propres ailes, la mère leur offre de la nourriture régurgitée. À marée basse, les poissons qui se trouvent dans une eau peu profonde sont très vulnérables au bec des hérons.

— Je les ai déjà vus faire la pêche. Ils sont particulièrement vifs, comme tous les animaux qui chassent leur gibier…

Sophie s'arrêta pour mieux observer le héron et tenter d'apercevoir d'autres sauvagines.

— Le fait de me retrouver dans cette ile me rappelle une rencontre mystérieuse que j'ai faite il y a à peu près trois ans. Je conduisais de Laville vers le Cap-Breton et je me suis arrêtée pour prendre un homme qui faisait de l'autostop, ce que je ne fais jamais… question de prudence. C'est comme si mon pied avait décidé de lui-même d'appuyer sur le frein. Je crois que c'était sa façon de se tenir debout qui m'a fait croire qu'il n'était pas un habitué du stop. Sa façon de tendre mollement son pouce lui donnait une allure un peu gauche, comme s'il venait d'être parachuté là sans trop savoir pourquoi. Je l'aurais plutôt imaginé dans une réunion de… d'ingénieurs peut-être, avec un veston et une cravate… J'ai tout de suite su qu'il était un étranger.

Malvina regardait Sophie et écoutait son récit avec le regard profond de ses yeux bleus et un sourire qui laissait voir ses dents droites et parfaitement blanches.

— Continuez, je vous en prie…

— Il était grand, un mètre quatre-vingt-cinq au moins. Je lui aurais donné mon âge. J'avais nettement l'impression que nous nous connaissions, que nous nous étions déjà vus quelque part. Comme unique bagage, il avait un modeste sac en toile noire qui ne portait aucune étiquette d'identité et qu'il a déposé à ses pieds. Devant mon insistance, il m'a raconté qu'il était venu au monde à Alkmaar, en Hollande, d'une mère belge, mais que ce détail était alors très loin dans le temps. Peu de temps après avoir monté dans ma voiture, il m'a demandé s'il pouvait insérer un disque compact dans mon lecteur. Je lui ai dit : « Mais bien sûr ! » À ma grande surprise, j'ai tout de suite reconnu l'enregistrement d'une conversation entre baleines. Je m'étais moi-même acheté un disque identique à Tadoussac. Lorsque je lui ai avoué que je connaissais ce dialogue par cœur, il s'est esclaffé. C'est à ce moment-là qu'il m'a raconté son attrait pour les iles.

— Et quel était le lien entre les baleines et les iles ?

— Il m'a dit qu'il possédait une ile déserte au large d'une côte dans le Pacifique. C'est là qu'il avait eu son premier contact avec une baleine qui venait d'expirer, échouée sur la grève. C'était une jubarte mâle qui revenait d'Alaska. Il m'a raconté à quel point il s'était senti impuissant devant son énorme carcasse inerte. Ne pouvant retenir sa profonde pitié, il avait longuement pleuré à chaudes larmes, couché à plat ventre sur l'énorme carcasse séchée par le soleil torride. Tentant en vain de comprendre l'attrait de la baleine pour son ile déserte, il avait dû se contenter d'y voir un message de la nature. La baleine cherchait un refuge, mais elle y était parvenue trop tard. L'expérience de la baleine l'avait convaincu de devenir un collectionneur d'iles.

— Un collectionneur d'iles ! C'est très original comme mission.

— Il me raconta que, aussi loin qu'il pouvait se rappeler, il avait toujours eu une prédilection pour les iles, toutes les iles, mais particulièrement les iles désertes. Les voyages de sa vie avaient toujours été orientés vers de nouvelles découvertes et il avait passé beaucoup de temps dans le Pacifique et en Polynésie. Pendant qu'il me parlait des essais nucléaires dans les iles Bikini et des interviews qu'il avait faites avec ses habitants déplacés ailleurs, je sentais, par moments, sa voix étouffer. Enfin, il m'a dit qu'il avait acheté un tel nombre d'iles qu'il aurait de la peine aujourd'hui à toutes les énumérer.

— Vous lui avez demandé pourquoi il désirait les acheter ? Il n'aurait pas suffi de les visiter, de passer du temps dans les iles ?

— C'est pour s'assurer qu'elles demeurent intactes, s'est-il empressé de répondre à cette question. Et lorsque j'ai questionné le côté onéreux d'une telle entreprise, il m'a répondu que, contrairement à ce que l'on pourrait penser, il avait réussi, à force de longues recherches soutenues, à trouver énormément de petites iles à des prix tout à fait abordables, surtout lorsqu'il a commencé sa quête il y avait de cela plus de vingt ans.

— C'est un récit fascinant...

— Enfin, je l'ai déposé près de la jetée de Canso, qui mène au Cap-Breton. Il m'a remerciée très chaleureusement du temps que nous avions passé ensemble. En partant, il m'a dit tout simplement, avec un très beau sourire, qu'il s'appelait Olivier. Dès qu'il a fermé la porte, j'ai eu de profonds regrets de l'avoir laissé partir, mais chaque fois que je me remémore son souvenir, je remercie l'univers de m'avoir donné de vivre ces instants avec lui.

— C'est le genre de rencontre qui nous permet de rêver, de nous plonger dans le mystère.

— Ma façon de voir les iles a bien changé depuis cet incident.

— Je n'en doute pas. Au fond, ce n'est pas un hasard que vous me parliez de cet incident aujourd'hui. Olivier serait sans doute fier du travail que font les frères dans cette ile, du fait qu'ils respectent ce lieu comme un refuge pour la faune.

Malvina et Sophie continuèrent ainsi leur marche sous la surveillance discrète de quelques aigles pêcheurs perchés sur des branches stratégiques le long de la piste. On pouvait faire le tour complet de l'ile en quatre heures de marche détendue. Tandis qu'elles échangeaient leurs réflexions, non loin de là, sur la baie Française, une quarantaine de touristes à bord du navire *C'est assez* venaient d'apercevoir la queue de leur première baleine percer la surface de l'eau. La baleine plongea dans les profondeurs avertir les autres qu'elles devaient commencer leur spectacle quotidien pour gagner la sympathie de ces humains à la recherche d'émerveillement.

Le lendemain matin, vers cinq heures, Malvina sentit la froideur du serein qui s'était imprégné dans le chandail qu'elle avait laissé sur le balcon de sa chambre. Elle l'enfila, sachant que la chaleur de son corps ne tarderait guère à le sécher. Le frère Jacques entendit le son amorti de ses pas sur le gravier lorsqu'elle s'approcha de la porte de la cuisine. Comme le fracas d'un glaçon qui se détache inopinément d'un toit en hiver, le premier chant du coq perça le silence matinal pour rappeler à ceux qui avaient le sommeil léger qu'ils étaient encore au berceau de la Bonne Vie.

— Bonjour ! dit le frère Jacques en déposant la boite de levure sur le comptoir. Vous avez bien dormi ?

— Comme un escargot sur une feuille de laitue.

— Je viens de brancher le pot de café. Alors, vous voulez

revivre quelques bons moments de la Fine Croute, vous replonger les mains dans la pâte ?

— J'ai toujours continué de faire mon pain. Ce serait un peu idiot d'arrêter quand on en a l'habitude. C'est un rituel.

Malvina appuya sa canne contre le bord de l'évier tout en examinant les contenants d'épices sur le comptoir et les pots de fleurs qui pendaient sous les quatre puits de lumière posés dans l'angle du plafond. Elle prit le contenant de levure, l'ouvrit et tâta quelques grains entre ses doigts pour en voir la consistance.

— Je ne connais pas cette marque, elle m'a l'air bien fine.

— Elle fonctionne à merveille. Vous le verrez bien. Nous doublerons la recette ce matin, dit le frère Jacques en essayant d'étouffer un bâillement qui cherchait à prendre un deuxième souffle. Voici un bol pour détremper la levure… du sucre… et de l'eau. Je vous laisse à votre technique.

— Je ferai quelques baguettes.

Malvina mélangea les trois ingrédients et recula de quelques pas en attendant que la levure exhale ses gaz généreux et bienfaisants. Le contenu du bol du frère Jacques se trouvait dans le même état. Elle examina le bloc massif de bois franc encastré de façon permanente sur le dessus du comptoir, à côté du frigo, devant une des fenêtres. La surface usée par les innombrables marques de couteau griffonnées dans tous les sens avait pris une teinte ambrée avec de légères veines rosées et marron. Le frère Jacques saisit instinctivement la pierre à aiguiser et tira un des couteaux du bloc qui servait d'étui. Il glissa résolument le couteau quelques fois sur la pierre tout en regardant Malvina attentivement avec un air perplexe.

— J'ai toujours ce sentiment très net que je vous ai déjà

vue quelque part, mais je n'arrive pas à vous placer.

Elle fixa un instant son visage encadré d'une barbe grisonnante touffue. Avec le couteau dans la main, sa moustache horizontale partagée sous le nez et sa stature imposante, il évoquait l'image d'un mousquetaire des siècles passés. Un sourire serein se dégageait de ses yeux.

— Vous avez quel âge ?

— Je frise la cinquantaine…

— Non, je ne peux pas vous placer. Vous êtes originaire d'où ?

— Laville. J'y ai vécu toute ma jeunesse.

— Peut-être qu'on s'est seulement croisés dans la rue. Il y a des images passagères de visages qui collent à la mémoire pour des raisons qui nous échappent. Vous fréquentiez la Fine Croute ?

— Non, ce n'était pas la boulangerie de mon quartier.

Une vingtaine de minutes plus tard, Malvina et le frère Jacques pétrissaient chacun une pâte lisse qui se laissait manier et tripoter comme un chat à moitié réveillé d'un long sommeil sous un soleil trop chaud. Chaque pression de leurs paumes sur la pâte faisait éclater de petites bulles d'air emprisonnées dans la farine. Ils pouvaient sentir sous leurs doigts la chaleur de l'eau qui, sous l'action de la levure et des autres ingrédients, transformait la farine en matière vivante.

— Il faut faire respirer la pâte, la pousser à la limite de son élasticité, dit Malvina en soulevant la sienne des deux mains.

Sentant aussitôt le mouvement du poids qui débordait de ses mains pour regagner une surface solide, elle laissa choir la pâte sur le comptoir.

— Le secret d'un pain léger est de mélanger le moins de farine possible dans les ingrédients humides.

— C'est le secret d'une croute ferme et croustillante que je voudrais découvrir, ajouta le frère Jacques. Je la réussis rarement exactement comme je la voudrais.

Il dirigea son regard sur Malvina pour voir sa réaction et elle le regarda avec une lueur de ruse dans les yeux. Le frère Jacques passa son poignet sur son front pour enlever un cheveu fuyant qui lui chatouillait la paupière. Ensuite, d'un réflexe, il tourna la bague qu'il portait au petit doigt de la main gauche en la frottant pour enlever la farine dessus. C'était une bague en or blanc soyeux avec une étoile en jade incrustée entre deux paires de diamants discrets. Malvina ne l'avait pas vraiment remarqué avant ce moment, mais dès qu'elle s'y attarda, le bijou eut l'effet d'une vieille photo qui tire les souvenirs de l'oubli.

— J'ai déjà vu une bague qui ressemblait à la vôtre de très près. Je m'en souviens très distinctement. Je n'avais pas encore vingt ans. Je chantais alto dans une chorale. À cause de ma courte taille, j'occupais toujours la rangée d'en avant, d'où je voyais très bien les mains de la directrice. Cette bague avait capté mon regard dès la première répétition. Un jour, la directrice m'a dit qu'elle l'avait reçue en cadeau… de son mari.

La pâte de Malvina guettait la reprise d'un rythme un peu plus vigoureux après ce récit, mais Malvina s'arrêta net en voyant se raidir la nuque du frère Jacques, qui avait tourné la tête dans la direction opposée. Un silence pesant de souvenirs douloureux envahit le comptoir. En un clin d'œil, l'évidence perça le cœur de Malvina lorsque le frère Jacques prit une profonde respiration avant de lui livrer un visage qui avait retrouvé les traits d'un enfant de huit ans affligé par une malédiction.

— Ma mère… dit-il. Aussi loin que je peux me rappeler

dans mon enfance, elle m'emmenait à ses concerts et à tous les autres concerts de Laville. Elle voyait en moi un artiste en herbe…

Debout juste en face de lui, Malvina lui prit la main gauche pour toucher cette bague qui venait de recréer le lien oublié, endormi sous les brumes d'une quarantaine d'années. Elle lui serra la paume enfarinée comme elle le faisait pour lire les traits de la main de ses clients et elle entendit la mélodie du chant préféré de cette femme disparue qui savait, par un mélange providentiel de charme et d'habileté, faire vibrer à leur plein potentiel chacune des voix en face d'elle.

« Comment ai-je pu oublier ce visage rond aux traits magyars et ces yeux bleu clair et pétillants », pensa le frère Jacques. Il avait retenu l'image de cette femme dans son regard d'enfant, et combien de fois depuis il l'avait revu dans l'album de photos de la famille, comme si Malvina était la seule qui avait cherché à retenir son attention dans le groupe des trente membres de la chorale de Laville. Depuis son arrivée à l'ile, le poids de son corps et de ses soixante-quatre ans masquait l'évidence de son lien avec sa mère.

— Je me rappelle les menues circonstances de l'accident, dit Malvina en serrant la main de son complice avec un élan renouvelé de compassion. À l'époque, j'avais mis d'innombrables heures à essayer de comprendre cette mort qui m'avait bouleversée. Pourquoi ?

Les yeux du frère Jacques se vidèrent et l'image jaunie de la découpure de journal envahit son imaginaire et s'y colla encore une fois. La photo de la voiture au toit enfoncé, tirée des profondeurs du canal des Aboiteaux, était floue. L'accident s'était produit très tôt, un matin particulièrement brumeux du mois de mai. Personne n'avait jamais pu expliquer pourquoi, à ce moment précis, la voiture avait heurté le caniveau du trottoir pour capoter instantanément sur son toit au fond du canal. Les bulles d'air avaient déjà cessé leur ascension effrénée vers la surface innocente de l'eau lorsque les secouristes étaient arrivés sur les lieux…

Malvina essuya ses mains avec une lavette mouillée pour se prendre un verre d'eau froide.

— Avec le passage des années, j'ai réussi à donner un sens aux décès qui paraissent si inutiles, à ceux qui semblent causés par une main pernicieuse venue nous arracher nos proches sans possibilité d'adieux. Le sens de leur départ s'installe en nous comme une présence qui nous parle et nous reparle, et qui nous reparle encore aux moments les plus inattendus. C'est dans une vision beaucoup plus large des années qui se succèdent que leur disparition transforme graduellement nos peines en certitude que nous nous reverrons tous un jour… dans un ailleurs beaucoup moins contraignant que celui dans lequel nous vivons ici, emprisonnés dans un corps physique si vulnérable aux maladies, si sensible aux environnements et aux autres.

Voilà où j'en suis. À la longue, l'écriture de ce texte vide mes énergies par moments. Je sens le besoin de faire une pause, mais j'espère qu'elle ne sera pas trop longue. Je me sens en sécurité lorsque j'écris.

La pause que je m'impose (beau jeu de sonorité !) s'explique aussi, en partie, par une visite de Robert. Il était de passage à Paris hier et il m'a téléphoné pour m'inviter à souper à mon restaurant préféré du Quartier Latin. Nous avons eu une belle conversation. Surement la plus franche entre nous deux depuis qu'il a décidé d'aller vivre avec Anne. Elle avait un *stop-over* de quelques jours à Paris et il est venu la rejoindre.

Dieu merci, il a eu la délicatesse de ne pas m'imposer la présence de son hôtesse de l'air ! Je n'aurais pas été en mesure de le prendre. La plaie est loin d'être guérie, même après dix-sept mois.

J'ai nettement l'impression qu'il n'a pas fini de se poser des questions. Est-ce qu'il est véritablement en amour ? Je ne saurais te le dire. Est-il possible pour une fille de ressentir l'amour de son père pour une autre femme que sa mère si peu de temps après la rupture ? Non, à mon avis, ce n'est pas possible. Un point, c'est tout.

Il m'a donné les dernières nouvelles d'Alexandre, qu'il avait vu la semaine dernière, et nous nous sommes remémoré plusieurs beaux souvenirs de mon enfance. C'était un terrain sûr. J'ai senti qu'entre nous deux il y avait une entente tacite de nous tenir à l'écart de plusieurs sujets de conversation. Malgré tout, il y avait peu de tensions pendant le repas même (les escargots étaient particulièrement bons, j'aime tellement le gout de l'ail...) et il m'a serrée bien fort dans ses bras avant de repartir. Ce qui m'a fait le plus mal, c'est qu'il n'a pas demandé de tes nouvelles. Juste avant qu'il reparte, je lui ai dit que nous communiquions presque tous les jours, et il a simplement répondu assez froidement : c'est bien. « C'est bien », deux mots si *fuckinment* banals ! !

Shit, Mame ! Ma rage est encore toute là !

Pardon de m'être emportée. *Sorry, please forgive me. Thank you !*... Peut-être que ça me fait du bien d'éclater comme ça, je ne sais plus.

Et toi, Mame, comment vis-tu ça maintenant ? As-tu le gout de m'en parler ? Après le départ de Robert, j'ai constaté que j'avais une emprise beaucoup plus ferme sur les sentiments de mes personnages de Laville que sur les miens. La nuit dernière, j'ai tourné et brassé dans mon lit pendant des heures. Dans la profondeur cauchemardesque de mes agitations, j'ai senti que Laville n'existait plus, et ce qui me rendait encore plus triste, c'était l'idée qu'elle n'avait jamais existé.

ARIANE@PARIS

Ton courriel m'a tiré des larmes, celles qui étaient restées là et qui sont toujours là, collées à fleur de peau, depuis la rupture.

Ce qui me blesse le plus encore aujourd'hui, c'est la disparition de la présence qui meublait mon quotidien. Juste une simple présence dans la maison, soir et matin. Un appel au milieu du jour pour nous dire où nous étions. Une réponse à une question simple et pratique. Un corps chaud blotti contre le mien. Un bref voyage de temps à autre pour échapper au quotidien de la maison et découvrir un autre ailleurs que la Baie. Une assiette qui nous réunissait autour des repas pour parler de tout et de rien.

C'était un quotidien où – oui, Ariane – même les mots banals avaient leur place parce qu'ils étaient habillés de contacts physiques et de regards partagés. Les petites querelles n'étaient que des paroles exprimées dans un autre temps, comme le passé simple par rapport à l'imparfait.

Notre quotidien s'était installé aussi graduellement que la mousse sur le toit de notre maison, mais sans laisser de traces, longtemps après les premières rencontres fougueuses de deux amants emportés dans une promesse faite sous l'ivresse de l'amour charnel.

Ce n'est pas moi qui ai souhaité la rupture au point de la voir se concrétiser. Je pensais que le voile de mon quotidien était une carapace qui ne demanderait jamais à muer. J'ai compris que le quotidien n'est pas immuable. Je me suis trompée. Non pas en choisissant Robert pour être votre père, mais en pensant que lui aussi trouverait toujours dans nos gestes quotidiens la même sécurité que moi.

Ma douleur lancine encore chaque fois que j'essaie de

comprendre ce qui se passe dans sa tête. Le choc de ne plus entendre la moindre parole sortant de sa bouche ni voir le moindre regard de ses yeux est aussi brutal que si je me retrouvais prisonnière d'une cellule dans un pays lointain et hostile, comme si je me retrouvais dans le piège où sont tombés les prisonniers politiques qui font la une des journaux. Je ne serai pas libérée de ma douleur aussi rapidement que les otages du Kazakhstan.

Sa décision de couper net tout contact entre nous deux est d'une certaine manière pire qu'une mort physique. La mort est toujours conclusive. Les quelques fois que j'ai revu Robert à distance, je n'ai vu qu'un fantôme qui m'a paru diminué et fuyant, vêtu d'un silence gris. C'est comme s'il avait perdu la langue. Et moi aussi. Malgré ma peine, Ariane, je dois admettre que je l'aime encore et, lorsque je me raisonne, je ne peux m'empêcher de lui vouloir du bonheur.

Mon bonheur à moi, je le retrouverai avec le temps, j'imagine, peut-être en m'immergeant dans les mêmes eaux bienfaisantes que Malvina. Souvent, je me sens isolée dans une ile mais, dans mon cas, ce n'est pas comme l'une des iles d'Olivier, ce n'est pas par choix.

Je t'embrasse très fort, Ariane, et je t'aime plus que jamais.

Merci d'avoir partagé tes états d'âme avec moi dans ton dernier courriel. Je comprends mieux.

Quant à mon retour à Laville…

À la fin de la semaine, le frère Jacques avait des emplettes à faire à Laville, alors il offrit de ramener les visiteurs qui voudraient faire le trajet du retour en fourgonnette plutôt que de prendre le train. Malvina accepta sans hésiter.

— J'irai même te conduire jusqu'à chez toi, dit-il à Malvina qui, en l'espace de quelques jours, était devenue sa complice et sa confidente.

Elle fut la seule à accepter l'offre du frère Jacques. Sophie se serait sans doute jointe à eux, mais elle était déjà repartie chez elle trois jours plus tôt, pressée par ses affaires. Malvina s'installa confortablement dans le siège avant à côté du frère Jacques. En jetant un dernier coup d'œil par les deux fenêtres arrière de la fourgonnette vide cahotée par quelques trous dans l'asphalte, elle vit la Bonne Vie prendre les proportions d'une photo dans un cadre doré. Les souvenirs qu'elle y avait recueillis transformèrent l'image plutôt austère perçue au moment de son arrivée en séquence de cinéma chabrolesque tournée au ralenti pour mieux saisir la finesse des paysages, des liens et des sentiments qu'elle y avait vécus.

L'ile Longue était très étroite. Elle était comme un bras humain qui se serait posé là il y a des milliers d'années pour séparer la Baie de la baie Française, pour mieux gérer le courant des marées les plus puissantes du monde, pour mieux répartir les richesses marines offertes au pêcheur pour nourrir sa famille.

Ce matin, il y avait de la brume sur la Baie étalée à droite de la route. Ce n'était pas une brume humide qui ensevelit complètement terre et mer sous un même drap perdurant. C'était une brume sèche, légère et espiègle posée ici et là comme des pions sur un damier, qui se mouvraient tout seuls sans chercher à gagner.

— C'est dommage que la brume nous empêche de voir l'église de la Pointe, dit le frère Jacques en pointant dans la direction où elle se trouvait. D'habitude, on la voit très bien d'ici et, souvent, il se crée une illusion d'optique qui donne l'impression qu'elle flotte sur la mer.

Malvina ne connaissait pas l'église de la Pointe. Dans les moments de silence qui ponctuaient leur conversation, elle laissait son imagination errer dans l'impression de féerie encore fraiche qu'avait produite sur elle l'ile des Frères et elle imaginait l'église de la Pointe flottant sur un radeau invisible jusqu'à l'Abbaye de la Bonne Vie sur une marée perdante. Elle se sentait légère. Ses vacances d'une semaine avaient eu tous les effets d'un voyage dépaysant qui nettoie les fils d'araignée qui s'accrochent à la routine tout en dérangeant les humains. Elle avait hâte de replonger les yeux dans sa boule de cristal. Elle avait hâte de revoir ses clients. Il lui semblait qu'elle verrait plus clairement les paysages et les méandres de leur avenir.

— Tu es au courant de la controverse entourant la carrière de basalte ? dit le frère Jacques en ralentissant pour laisser traverser deux touristes qui voulaient saisir l'image bucolique d'un pétonclier sur un arrière-plan de brume.

— J'ai lu quelques articles de journaux sur le sujet, mais je ne prétends pas connaitre tous les enjeux.

— Évidemment, nous sommes contre l'installation d'une

telle carrière. Le projet va nettement à l'encontre du fondement de la Bonne Vie. Nous n'avons même pas reçu une visite de courtoisie d'un représentant de Colbin, la compagnie qui veut implanter le projet. Ce n'est pas à nous de fournir la matière première pour asphalter les routes de New York ! Eh ! C'est insensé !

— Les forces de la mondialisation ont des effets très tangibles lorsqu'elles touchent le mode de vie des régions rurales.

— Justement. Le mot qui revient le plus souvent dans les déclarations de Colbin, c'est le mot « insignifiant ». La population des iles est insignifiante. La présence des gros bateaux sur les sites de pêche sera insignifiante. Le tourisme est insignifiant. L'avenir de la pêche est insignifiant ! Bon Dieu, je ne voudrais pas croire que moi aussi je suis insignifiant !

Le ton de voix du frère Jacques avait, sur les nerfs de Malvina, le même effet dérangeant qu'une sirène d'ambulance. L'effet se manifestait chaque fois que les forces agissant sur une situation particulière lui semblaient incontrôlables et envahissantes. Lorsqu'elles surprenaient, comme les premiers symptômes d'une maladie grave.

— Ils ne promettent que trente-cinq emplois, ajouta le frère Jacques sur le même ton. Moi, je trouve que c'est ce nombre-là qui est très insignifiant !

— Le mot « insignifiant » me semble n'avoir plus aucune signification dans ce débat, fit remarquer Malvina avec un sourire enjoué qui cherchait à calmer l'énergie bouillonnante de son conducteur. Elle regarda de nouveau vers la Baie, mais la brume folâtre s'était répandue jusqu'à la falaise en basalte qui protégeait la côte contre l'érosion de la mer. La falaise cachait la mer en cet endroit précis du bras de terre, alors que le soleil battait sa chaleur sur le volant de la fourgonnette.

— Le frère Daniel prépare un mémoire pour l'analyse environnementale en cours. C'est un long processus pour défendre un projet qui me parait si bête au départ.

— Les enquêtes grugent le temps. Ça devient une épreuve d'endurance pour les gens forcés de défendre leur coin de terre.

Sur ces paroles, à peine une minute avant d'atteindre la cime de la colline qui descendait vers l'Anse-à-Sable, Malvina fut saisie d'une intuition qui lui serra la poitrine. Le pressentiment était aussi lourd que si elle s'était vue obligée de monter la longue colline à pied.

Dès que le véhicule atteignit la cime, les yeux de Malvina et du frère Jacques furent fouettés par la rotation des gyrophares de quatre voitures de police qui occupaient le paysage, garées entre la route et la mer. Le pied du frère Jacques appuya instinctivement sur le frein et il laissa rouler la fourgonnette jusqu'aux abords d'une foule commotionnée en bas de la colline.

— Je ne pense pas que ce soit un accident de la route… même si la circulation est arrêtée, dit le frère Jacques en garant son véhicule. J'vais aller voir. Tu viens ?

— Non, je t'attends ici, dit Malvina en remarquant que l'Anse-à-Sable et son quai étaient en train d'échapper à la brume.

Malvina vit, dans le roulement de la grisaille vers le large, un élan de fuite, comme si la brume se sentait coupable d'une faute irréparable. Un des policiers attacha un ruban jaune à des poteaux qu'il venait de planter entre deux grosses roches sur la plage afin d'empêcher les curieux d'accéder à l'eau. Il prit des mesures qui serviraient à la rédaction de son rapport.

Le frère Jacques se faufila parmi les gens jusqu'à ce qu'il voie la forme d'un corps humain étendu sur une civière et drapé d'une couverture blanche. Le corps était seul. Personne ne le touchait. De toute évidence, on avait déjà décidé qu'il n'y avait plus rien à faire. Le frère Jacques interrogea des villageois, qui lui rapportèrent les rumeurs. Ils avaient la tête inclinée et ils parlaient sur un ton sobre et respectueux. Les enfants avaient cessé leurs courses. Il était près de midi, mais personne n'avait faim à l'Anse-à-Sable. La noyade s'était installée dans les ventres et elle prenait toute la place.

— C'est un étranger. Ils l'ont trouvé là, entre les deux roches, il y a juste une demi-heure environ. Aucune pièce d'identité sur lui. La noyade…

Malvina ne dit rien. Elle glissa la main sur le dos du frère Jacques, qui s'effondra en larmes tout en laissant tomber sa tête sur ses bras appuyés contre le volant de la fourgonnette.

— Laisse tes larmes couler, dit Malvina. Laisse faire. Ça nettoie.

Pendant un instant, le frère Jacques vit le visage de sa mère imprégné d'un sourire illuminé d'une paix immense qui échappait aux mots et qui ne s'effacerait jamais.

— Merci, Malvina, merci d'être là, dit le frère Jacques après avoir repris sa contenance et la route.

Quelques kilomètres plus loin, ils rencontrèrent une voiture du journal *Laville Nouvelle* se dépêchant vers l'Anse-à-Sable.

Malvina monta l'escalier de sa résidence aux côtés du frère Jacques, qui l'aida à porter ses bagages. Malgré la halte à l'Anse-à-Sable pour ce singulier rappel de la fragilité de la vie, le frère Jacques avait retrouvé sa bonne humeur et il s'étonna à la pensée que, même s'il n'avait pas revu Malvina pendant de nombreuses années, elle semblait maintenant l'avoir accompagné pendant toute sa vie.

— On se reverra surement, Malvina, dit-il en la serrant chaleureusement dans ses bras.

— Sans doute, frère Jacques. Je rêverai de retourner à l'abbaye. Vous avez un véritable bijou qui m'a revivifiée. Continuez votre beau travail. Merci encore.

Contente, malgré tout, de retrouver sa maison, Malvina leva le voile de soie qui recouvrait sa boule de cristal. La surface ronde de celle-ci reflétait l'image déformée des murs de couleur terne qui l'entouraient. « Tiens, se dit Malvina, je vais repeindre mes murs en jaune. D'un jaune vibrant. »

Le lendemain matin, *Laville Nouvelle* faisait paraître à la une le titre « Un illustre photographe perd la vie », qui renvoyait à l'article suivant :

> **Anse-à-Sable** – *C'est sous le choc de la consternation et sous une brume épaisse et tenace que deux adolescents ont trouvé, hier matin, vers 11 h 30, le corps inerte du photographe de renommée Olivier Gérôme. La triste découverte a eu lieu sur la plage non loin du quai des pêcheurs de l'Anse-à-Sable. Ce n'est que deux heures plus tard, alors que la brume était disparue, que la police a récupéré le zodiac endommagé de Gérôme à environ un kilomètre au large de l'anse. D'après les dommages au zodiac, qui ironiquement avait gardé intacts à son bord les pièces d'identité et les appareils photo de Gérôme, il semblerait qu'il ait été heurté assez violemment par une autre embarcation.*
>
> *Hier, les quelques bateaux de pêche de l'Anse étaient restés au quai en attendant que la brume se dissipe. Cependant, un résident de l'Anse, qui n'a pas*

voulu donner son nom, a dit avoir vu disparaitre sous le couvert de la brume, vers 10 heures du matin, le Boston Whaler appartenant à des représentants de la société Colbin, qui cherche à installer une carrière de basalte sur la côte nord de l'ile Longue. Au moment d'aller sous presse, le bateau de Colbin n'avait pas été retrouvé et les représentants de la société présents sur les lieux n'ont pas voulu répondre à nos appels. Les policiers poursuivent leur enquête.

Olivier Gérôme, un photographe pigiste de renommée internationale, a déjà signé de nombreux articles pour la revue Géo. Il a collaboré à de nombreux projets d'exploration mis sur pied par les réseaux PBS et Discovery, qui l'ont appelé à faire le tour du globe à maintes reprises. Son attirance particulière pour les iles isolées est devenue légendaire, et ses reportages fréquents sur les iles du Pacifique lui ont déjà valu le titre de « Cousteau des iles ».

Olivier Gérôme a déjà joué un rôle actif dans plusieurs confrontations directes visant la protection de l'environnement. Cependant, depuis quelques années, il s'était retiré complètement de ce genre d'activités en déclarant qu'avec l'âge il avait découvert des moyens plus pacifiques et davantage efficaces de protéger l'environnement pour les générations futures. Les funérailles de Gérôme auront lieu en France, à Belle-Île-en-Mer, où habitent ses proches.

La photo d'Olivier Gérôme accompagnant l'article coupa le souffle de Sophie dès qu'elle mit la main sur son journal du matin. Elle reconnut sans l'ombre d'un doute le visage souriant de l'homme avec qui elle avait jadis eu une conversation sur les baleines dans un moment de vie offert comme un cadeau rare, sans attentes et emballé dans un humble anonymat. Oubliant son rituel du petit déjeuner et talonné par Lucius, Sophie s'empressa de consulter son ordinateur pour voir si les grands quotidiens rapportaient déjà le décès d'Olivier Gérôme, mais elle ne trouva aucun détail supplémentaire, et la photo était la même dans tous les journaux. Elle tapa alors oliviergerome.com dans la case adresse de son fureteur et instantanément elle y lit le message suivant : « Les responsables de ce site offrent leurs plus sincères condoléances à la famille Gérôme en ce moment de grande tristesse et de deuil. »

Le site était néanmoins fonctionnel et Sophie cliqua sur la galerie de photos d'Olivier pour le revoir. Le serveur devint lent. Elle n'était pas la seule ce matin à vouloir redonner vie au collectionneur d'iles. Elle découvrit Olivier à tous les âges de sa vie, elle rencontra sa femme et ses enfants, elle constata l'œuvre diversifiée de sa vie – la longue liste d'articles et de documentaires auxquels il avait collaboré et dont les liens renvoyaient à tous les coins webifiés de la planète. Sophie n'arrivait pas à comprendre comment la notoriété et le travail d'Olivier lui avaient échappé pendant toutes ces années. Elle cliqua sur la vidéo de l'interview où il discutait de moyens pacifiques de protéger l'environnement et elle eut l'impression que, dans le dernier cadrage, il lui dit au revoir exactement comme il l'avait fait à la jetée du détroit de Canso, en cachant ses accomplissements sous l'astuce d'un jeu. Elle frissonna à l'idée que son corps inerte se trouvait peut-être encore à Laville, non loin d'elle.

Au même moment, l'hôtesse Anne Arseneau offrait ses condoléances à l'épouse d'Olivier, assise dans un fauteuil de l'avion qui l'emmènerait à l'aéroport Blomidon. Peu de temps après le décollage, celle-ci tentait de reconnaitre quelques iles solitaires au large de la Bretagne. La tête appuyée contre le hublot, elle pleurait. Son fils, assis à côté d'elle, lui serrait fort la main. L'espace aérien et le cyberespace sont deux univers différents, mais dans leur effort commun pour réduire les dimensions de la planète, ils sèment parfois dans l'âme de ceux qui les fréquentent une solitude qui finit par être partout la même.

Je me rends compte que mes personnages ont tous ressenti le besoin de sortir de Laville. Ces fuites, je t'avoue, n'ont pas été préméditées, et je suis rassurée de penser qu'ils veulent tous y revenir. Est-ce que moi aussi, je désire inconsciemment sortir de Paris ? Je ne le sais pas. Je sais que je ne voudrais pas y passer le reste de ma vie. Bien sûr, pour ceux de ma génération, c'est de moins en moins une option de passer « le reste de sa vie » au même endroit.

Mon roman commence à me peser, parce que la date de remise de mon travail de recherche arrive et que j'ai négligé d'y travailler comme j'aurais dû. En fait, pour être très franche, ce n'est pas le roman qui pèse lourd sur mes épaules, c'est la rédaction de mon travail de recherche.

J'ai toujours perdu Barton. Je ne sais pas où il est. C'est comme s'il était disparu sans laisser de traces. Pouf! Ah, tiens ! Je viens d'avoir une idée à l'instant même où je tape le mot « pouf ». L'inspiration se présente aux moments les plus inattendus. On dirait qu'elle essaie constamment d'échapper à toutes les conventions et à toutes les contraintes. On dirait qu'elle vit de connivences.

Je t'embrasse, Mame !

J'aime ton personnage d'Olivier. Il a des qualités de héros. Faut-il être visible et reconnu pour être un héros ? Question intéressante…

J'ai trouvé, de l'auteur néo-zélandais Paul Hawker, le passage suivant, que je crois bon de partager avec toi pour éclairer le sentiment de culpabilité à l'égard de ton travail inachevé, dont tu m'as fait part dans ton dernier courriel.

> *When I simply tell or hear a story I am so much more open to discovering truth than when I'm involved in analyzing, justifying or explaining. Verdicts and conclusions, whether they be mine or someone else's, seem to invite me to be critical. Stories or retellings invite me to listen, to be heard, to learn, and to discover.*

J'ai confiance en toi, Ariane. Tu continues de me surprendre avec chaque envoi. Bises.

> *After you have exhausted what there is in business, politics, conviviality, love and so on – have found that none of these finally satisfy, or permanently wear – what remains ? Nature remains.*[12]

Barton avait revêtu son ensemble de jogging.

— Tu emmènes Lucius avec toi ? cria Sophie de la

12 Walt Whitman, *Specimen Days*, Boston, David R. Godine, Publisher, 1971, p. 61.

cuisine.

— Pourquoi pas ? Okay ! répondit Barton en attachant la laisse au cou de son chien tout excité par cette invitation inattendue.

En maintenant un rythme soutenu, Barton était capable de se rendre à destination en une demi-heure. Rendu à moitié chemin, il se demanda s'il avait bien fait d'emmener son chien chez Malvina. Peut-être était-ce une erreur de ne pas y arriver seul, comme d'habitude. Lucius dérangerait-il la conversation ? « Mais enfin, pensa-t-il, je pourrai l'attacher à la porte d'en arrière s'il le faut. » Lucius le regarda, la langue pendant de la gueule, comme s'il cherchait les mots pour promettre à son maitre qu'il serait aussi sage que lui.

— Quelle adorable bête ! dit Malvina en ouvrant la porte.

— C'est Lucius, mon fidèle compagnon. Donne-lui la patte, Lucius !

Malvina était amusée par l'obéissance du chien, qui ne tarda pas à se coucher à côté de la table après les formalités.

— Vous paraissez beaucoup mieux, Malvina, plus reposée.

— Je ne saurais vous remercier suffisamment pour votre cadeau. Quelle fantastique semaine j'ai vécue à l'abbaye ! Merci, Monsieur Barton, merci infiniment ! Je me sens complètement ressourcée. C'était parfait !

Le sourire radieux de Malvina débordait de sincérité.

— C'est le moins que je pouvais faire pour vous.

— Et vous, Monsieur Barton, comment vous portez-vous ?

Barton s'accrocha à un silence dissimulateur. La rencontre n'allait pas se dérouler comme les autres. Il le savait déjà. La simple question innocente de Malvina suffit pour aiguiser de nouveau en lui le profond désarroi qui l'assaillait depuis sa dernière visite.

— Je ne sais pas ce qui m'arrive. Je ne comprends pas. La semaine dernière, je me suis enfui de Laville. J'avais un désir absolu de partir, de tout laisser en ville, même Lucius. J'ai conduit sans destination préméditée jusqu'à l'accueil du sentier du cap Fendu. Et là, j'ai décidé de faire la longue marche jusqu'au bout du cap. C'était au milieu de la semaine et le sentier était presque désert. J'ai marché. Et marché. Et marché encore. Par bouts, le sentier avançait sous une voute de feuillus plus magnifique que les voutes des plus beaux châteaux de France.

Le visage de Barton s'adoucit momentanément.

— À d'autres endroits, le sentier se faufilait parmi des conifères centenaires au tronc moussu, redressés avec l'âge et tamisant le vent de l'après-midi qui effleurait mon visage. Il y avait aussi des terrains boueux, des mares d'eau à éviter, les grosses racines de conifères à fleur de terre entre les roches, qu'il fallait surveiller pour ne pas trébucher, pour éviter les entorses.

Barton s'arrêta et avisa la déformation photoshopesque de son visage sur la surface de la boule de cristal de Malvina. Sans bouger la tête, Lucius ouvrit paresseusement les yeux pendant un instant pour noter la pause dans la voix de son maitre.

— Vous vous êtes rendu jusqu'au cap Fendu ?

— Oui… C'est là que se trouve la récompense suprême de la longue marche : une vue vertigineuse sur la mer et le rocher fendu jadis, dans la nuit des temps. Je me suis laissé choir dans l'herbe au bord du précipice. Sur le coup, mon ventre s'est senti noyé par la hauteur de l'escarpement, mais en peu de temps, je me suis fondu dans le paysage et je suis resté là.

— Et… à quoi pensiez-vous ?

— J'essayais de me vider de toutes mes pensées. D'oublier mon travail, mes obligations, ma famille, mes vignobles, mes voyages… tout ! Mais ça ne durait pas. Malgré mes efforts, cela a été impossible pour moi de me concentrer uniquement sur la nature. Je ne cessais de m'interrompre moi-même !

— Il faudrait que ça se fasse sans effort.

— Oui, Malvina, sans effort… Quel soulagement ce serait de pouvoir se transformer en oiseau, en arbre ou en roche pendant quelques minutes, au moins…

Barton avala un toussotement nerveux et involontaire à peine audible.

— C'est quelque chose qui s'apprend, comme une technique.

— Vous pensez que c'est possible ? Je n'ai pas le temps de devenir moine !

— C'est très difficile pour nous tous de réaliser que le temps nous appartient, que nous avons un temps personnel et présent sur lequel nous pouvons exercer un certain contrôle. Il s'agit d'abord de s'en rendre compte et ensuite de se donner les moyens de le gérer.

Les paroles de Malvina n'eurent aucun effet sur le poids qui étouffait le cœur de Barton, comme celui qui pèse sur un corps suffoquant dans un wagon de métro surchargé. Seulement, Barton n'avait aucune idée du moment où la porte du wagon s'ouvrirait, où son malaise le lâcherait, ne serait-ce que pour lui donner un peu de répit, un retour éclair dans la quiétude du passé. Il n'avait plus de contrôle sur la manifestation de son anxiété, qui s'était infiltrée insidieusement en lui au cours des dernières semaines, agissant comme une lanière de colle odorante qui attire les pensées noires :

la planète qui courait vers sa propre destruction, la voracité des cancers réclamant trop tôt la vie de quelques-unes de ses connaissances, les effets de la hausse déstabilisatrice du prix du pétrole sur ses affaires… Barton se sentait comme un enfant souffrant. Vulnérable. Mais il habitait un corps d'adulte et avait des responsabilités qui devaient inspirer la confiance de tous. Fuir n'était pas la réponse.

— Je ne réussis plus à être heureux… dit-il, la voix tremblante. Ce n'est plus comme avant. Je vois tout en noir.

Barton laissa tomber sa tête dans ses mains en s'accoudant sur la table. Il sentit une vague de gène déguisée en frisson discret lui filer sur le dos. Sa vue se brouillait. « Pourquoi suis-je ici en train d'imposer mon fardeau à Malvina ? se dit-il. Elle n'a pas besoin de ça. »

Lucius se leva sur ses pattes de devant et posa son menton sur les genoux de son maitre.

— Vous sentez parfois que votre tête va éclater sous la pression, que vous êtes prisonnier de la pression menaçante ?

Barton leva les yeux sur Malvina, surpris.

— Vous avez déjà vécu ça ?

— Oui.

— Je ne l'aurais pas pensé.

— Nos îles se ressemblent. Par moments seulement… heureusement !

Barton redressa le dos et laissa tomber sa main sur la tête de Lucius pour lui caresser les oreilles. Si Lucius était un chat, il ronronnerait.

Sans boule de cristal et sans Ricard, Malvina et Barton se parlèrent alors, comme le flot de deux rivières qui se rencontrent, de leurs familles et de la puissance des lignées. Barton parla plus que Malvina, qui maniait discrètement le fil des échanges. Ils parlèrent surtout de leur enfance. Dans la trame de leur conversation, quelques blessures refirent surface comme les bulles de gaz qui s'échappent des trous naturels de la terre glaiseuse et malodorante cachée sous un pré inondé par la marée.

Avant que Barton reparte de la ruelle Sansfaçon, Malvina lui toucha légèrement quelques points précis du visage et de la poitrine pour rééquilibrer le flot d'énergies boudeuses qui accrochent et qui bloquent, causant des malaises. Barton la laissa faire même s'il était sceptique. Il n'avait rien à perdre. Il n'avait jamais conçu son corps comme un réseau énergétique ayant parfois besoin de stimulus locaux pour rééquilibrer l'ensemble, tout comme son ordinateur lui demandait de temps à autre de le redémarrer pour corriger une erreur de fonctionnement indiquée à l'écran par un code numérique qu'il ne comprenait pas.

Dès que son client fut sorti, Malvina se rendit dans la cuisine pour mettre en œuvre son projet de peindre les murs de la pièce. Elle avait tout décroché des murs la veille, profitant du nettoyage pour jeter au rebut plusieurs objets qui encombraient inutilement ses comptoirs, ses étagères et quelques tiroirs : une bouteille de vinaigre à l'estragon à moitié vide depuis deux ans, une vingtaine de cartes de souhaits reçues lors de son dernier anniversaire, une sculpture d'une rose en érable fabriquée en Chine, une bouteille de sirop contre la toux dont la date d'expiration était largement dépassée, plusieurs livres qu'elle ne relirait jamais… Malvina avait rempli cinq sacs à ordures. Elle se sentait légère, libérée.

À mesure que son rouleau de peinture traçait sa large piste jaune, elle repassait ses impressions de sa rencontre avec Barton. Elle imagina le cap Fendu en empruntant à ses propres souvenirs les falaises de l'ile des Frères. L'image de

Barton assis seul sur l'escarpement se dessina dans l'esprit de Malvina. À côté de sa silhouette, elle vit apparaitre une autre présence, vaporeuse et ondoyante, qu'elle ne réussit pas à nommer. Barton n'était pas seul. Elle réentendit ses paroles lui disant que le sentier était presque désert. Malvina avait failli questionner le « presque » de Barton. Il avait eu l'effet d'un léger sursaut dans son récit, mais son intuition l'avait incitée à taire sa question. Elle laissa alors la présence mystérieuse s'évaporer et son sourire se mêler au jaune épais de la peinture, qui prenait un plaisir spécial à transformer sa cuisine en reflet de soleil.

Lucius s'arrêta derrière son maitre immobilisé pour assouvir sa soif devant la vitrine de la galerie Comme Eau, qui exposait en ce moment des œuvres de Colville. Barton admira encore une fois la large sérigraphie du *Chien doré*, sa préférée parmi les classiques de l'artiste. Le chien doré ne s'intéressait nullement au spectateur. À plat ventre sur le perron, il avait l'air préoccupé. Le chien ne regardait nulle part. « Il y a quelque chose qui dérange cette bête figée dans l'attente », se dit Barton. Seuls quelques poils ambrés du chien dégageaient un peu de chaleur. Autrement, le décor avait les couleurs de la nudité de l'écorce d'un feuillu en hiver. Barton aimait Colville. Il avait toujours eu l'impression que, même si on attribuait le plus souvent à son œuvre une manière unique de peindre la solitude humaine, il y avait, dans tous ses tableaux, un fond qui ressemblait à l'âme de Laville.

— Viens, Lucius ! On reprend le galop.

Lucius répondit par un jappement joyeux.

Le ciel gris se condensa et s'évanouit dans les rues de Laville, tout en essayant d'amortir les bruits de la circulation bougeant au ralenti. La neige fine et sournoise était de connivence avec le vent, et tous deux s'étaient donné rendez-vous en début d'après-midi. Les Lavillois en étaient conscients et certains s'empressaient de passer au magasin pour se procurer des vivres supplémentaires au cas où la tempête couperait les déplacements et l'électricité. De façon générale, les Lavillois subissaient l'hiver comme un mal nécessaire, comme une pause dans la vie normale. D'aucuns essayaient de l'ignorer, d'autres le fuyaient. Ceux qui y restaient finissaient par souhaiter secrètement les tempêtes pour s'isoler et s'emmitoufler dans la chaleur de leur logement, comme si la neige se présentait déguisée en patron suprême qui pourrait leur offrir gratuitement un congé mérité. Lorsqu'on parlait de Laville, c'était des images d'été qui surgissaient à l'esprit. La neige était absente de ses publicités touristiques.

Le Carrefour Beausoleil était intégré à la Grande Place des Mines. Le centre commercial, construit sur quatre étages, venait de subir des rénovations majeures afin de dégager la même fraicheur que les nouveaux centres modernes qui se construisaient ailleurs au pays.

En entrant, Alex frappa ses bottes bruyamment sur le plancher en céramique et il secoua la neige de sa tuque avant de la fourrer dans la poche de son parka. Une chaleur au parfum de café l'attira au comptoir immédiatement à droite de l'entrée, où il avala un espresso. Il scruta, en face, les allées du magasin Les Galeries, qui donnait sur le foyer du Carrefour, avec ses comptoirs de parfum. « Tous les grands magasins du monde ont les mêmes comptoirs de parfums », pensa-t-il en s'y dirigeant pour trouver Sophie, à qui il venait de parler par cellulaire. Il la trouva en train de payer une crème Guerlain. L'hiver déshydrate la peau.

— Alors, fiston, quels mystérieux conseils veux-tu que je te donne en cette sale journée de tempête ? Je suis très curieuse.

Alex regarda sa mère avec une mine taquine.

— Alors ?

Il tourna la tête vers la commis, qui affichait bêtement le même regard inquisiteur que sa mère.

— Viens, je t'en parle… dit-il avec un hochement de tête.

— S'il te plait, Alex, ne me fais plus attendre, dit Sophie en se faufilant parmi les gens pressés dans le foyer du Carrefour.

Alex s'arrêta et, avec un sourire béat, il posa la main sur le bras de sa mère.

— Je voudrais ton opinion sur la bague de fiançailles que je veux acheter aujourd'hui même pour Nathalie !

Sophie s'arrêta net, bouche bée et incrédule.

— Non, non, Sophie, Nathalie n'est pas enceinte… c'est pas ça ! Nous avons été créés l'un pour l'autre, je le sais ! Je l'ai su dès que nous nous sommes rencontrés la première fois, et depuis notre voyage au Japon, je n'ai plus l'ombre d'un doute !

Nathalie n'était pas la première amie d'Alex. Sophie n'avait aucune raison de croire que cette relation serait différente des autres, qui se terminaient toujours par un cœur brisé qui se ressoudait en l'espace de quelques semaines avec la rencontre d'une nouvelle fille. Il est vrai qu'elle ne les avait pas vus ensemble assez souvent pour ressentir entre eux les vibrations chaleureuses d'un amour partagé. Mais pourquoi un tel empressement ? Le sourire de satisfaction d'Alex était désarmant. Sophie n'avait d'autre choix que de se laisser gagner par l'enthousiasme de son fils devenu devant ses yeux encore plus adulte qu'il ne l'était hier. Alex avait « l'âge de raison ».

— Tu veux manger des sushis ? dit Alex en se dirigeant vers la porte du restaurant Kyoto. Moi, j'ai très faim, dit-il en se frottant le ventre.

— J'veux bien. Tu penses que Nathalie soupçonne quelque chose au sujet de la bague ?

— Je ne pense pas, non… Je veux la surprendre, pour la Saint-Valentin.

— Et tu penses qu'elle va accepter ?

— Je n'ai pas de raison d'en douter, répondit-il sur un ton convaincu. Mine de rien, quand nous étions au Japon l'été dernier, nos projets d'avenir commençaient déjà à s'entrecroiser.

— Je l'aime bien, ta Nathalie. C'est une fille tranquille qui a un très bon sens de l'observation. Elle est d'une intelligence pratique. Il n'y a rien de frivole en elle !

Sophie s'arrêta un instant avant d'ajouter avec un sourire de satisfaction :

— On l'aime tout de suite.

Parfois nous nous surprenons à vouloir dire la même chose au même moment. C'est bon signe.

Alex commanda une sauce spéciale à base de mayonnaise maison pour assaisonner la salade d'épinards qui accompagnait ses sushis. Sur une petite assiette à côté, des ronds de carotte coupés délicatement en forme de cœur étaient posés sur un lit de vermicelles transparents mélangés à de fines lanières d'algues brunes et vertes.

— C'est les meilleurs sushis de Laville. Toujours très

frais ! J'aime leur manière d'utiliser les algues… le chef m'inspire. D'ailleurs, je le connais assez bien.

— Effectivement, les sushis sont excellents, ajouta Sophie en dégustant une bouchée au pétoncle agrémentée d'une légère touche de wasabi, le tout arrosé d'une gorgée de saké qui lui réchauffa tout le corps.

— Et toi, sur quels projets travailles-tu ces jours-ci ? dit Alex à sa mère en la regardant droit dans les yeux comme s'il lui cédait le micro dans une entrevue télévisée.

Alex avait développé cette qualité rare de toujours poser des questions à ses interlocuteurs sur leurs projets et leurs préoccupations, comme s'il s'y intéressait profondément. Même lors d'une première rencontre, il savait évoquer des sujets mettant immédiatement l'autre personne à l'aise. Certes, il parlait aussi de lui-même, mais il semblait avoir saisi le juste équilibre entre lui et l'autre. Sophie admirait chez son fils ce don de la conversation qui s'était manifesté dès son adolescence. Elle enviait parfois sa facilité à exprimer son empathie. Cela le rendait très attachant.

— Je cherche des idées pour une de nos prochaines productions à l'Impasse. Ce sera un tout nouveau genre de production. Jean Arceneaux a eu l'idée du projet et il m'a demandé de faire un remue-méninges avec lui. Il s'agit d'une production multimédia qui aura comme thème l'influence d'Internet dans nos vies. Ce qui est un peu bizarre, nous avons déjà choisi le titre avant d'écrire le contenu.

— Et c'est quoi, le titre ?

— *Les somnambules.*

— J'aime ça ! J'vois déjà un lien. Vous avez bien choisi !

— Le titre est mon idée… ajouta Sophie avec un brin de fierté. Les personnages sur la scène seront tous des somnambules. Le visuel prendra beaucoup de place.

— Et le texte ?

— Le texte aussi, forcément.

— Si je peux vous donner un coup de main, n'hésite pas à me le demander !

Chez le bijoutier, comme partout ailleurs dans le Carrefour, le symbole de la Saint-Valentin était en évidence : des cœurs de tailles variées en papier reluisant rouge, or et argent étaient placés parmi les bagues en étalage, suspendus au plafond et collés aux vitrines du magasin ; des cartes de souhaits en forme de cœur doré, des bagues au motif de cœur stylisé. Même la carte professionnelle du bijoutier avait pris temporairement la forme d'un cœur argenté, et les accords sensuels de la musique qui jouait en sourdine avaient un parfum de rose et évoquaient un gout de chocolat belge.

— C'est celle-là, dit Alex en pointant la bague de son choix à sa mère.

— Super, Alex ! Je l'adore ! Elle est classique et en même temps très originale. Tu as vraiment bon gout, Alex, dit Sophie en lui donnant une bise sur la joue gauche.

En approchant de la porte du Carrefour, Alex sentit la chaleur de la bague, qu'il avait soigneusement placée dans la poche de son vêtement la plus proche de son cœur. Il marchait la tête dans les nuages, pleinement confiant en l'avenir. Il se sentait moins seul.

— Il faut que je passe au théâtre avant de rentrer à la maison, dit Sophie en attachant sous son cou le capuchon de son épais manteau de laine. Oh, as-tu une idée de la date de la noce ?

— Ce sera surement en été. L'été prochain, si c'était à moi de décider, mais c'est Nathalie qui aura le dernier mot.

Le vent soulevait depuis peu de petites rafales de neige qui chatouillaient le toit des voitures et taquinaient le visage des piétons marchant le long des canaux et des rues. Le froid sec piquait la paroi des narines et faisait mal aux poumons. Depuis quelques jours, la température était outrageusement froide, mais derrière le front de neige qui avait blanchi la côte est des États-Unis, on annonçait un mercure à la hausse. Sophie s'amusait à tracer une ornière avec ses pieds dans la meringue dense qui avait déjà contraint le trottoir et la rue à se nicher ensemble sous la même couverte. Elle croisa un groupe de jeunes Africains de l'Université de Laville pour qui la neige avait depuis longtemps perdu son effet de fascination. Seuls leurs yeux étaient visibles dans une fente de leurs écharpes enroulées autour de leur tête, de gros yeux un peu nerveux basculant dans le souvenir de la chaleur de leur continent.

Il n'y avait plus ni ciel, ni nuages. Il y avait seulement de la neige et des personnes se déplaçant au ralenti, emmitonnées dans leurs pensées, isolées dans la solitude de la foudreillerie qui cachait les horizons lointains tout en se faufilant entre les édifices de Laville en dictant, comme une télécommande, l'emplacement des rouleaux de neige. Il faisait sombre comme si la veillée voulait déjà s'imposer. Le bruit des rues était amorti. Sophie avait de la peine à garder les yeux ouverts en plein milieu du vent blanc qui commençait à gronder en sourdine. La force de la nature l'empêchait de s'abandonner à la pensée fraichement acquise que sa famille pourrait sous peu s'agrandir, qu'elle aurait bientôt une belle-fille et peut-être aussi des petits-enfants. Ce n'était pas le temps de penser à l'avenir. La neige frigide figeait les pensées et sa blancheur était envahissante. « Je devrais apprécier le moment, accueillir la neige comme un alpiniste accueille la montagne à ses pieds », se dit Sophie en levant les yeux pour regarder, à travers la neige poudreuse, la lueur jaunâtre des lumières de la rue qui disparaissait et réapparaissait au rythme des bourrasques. Dans l'espace d'une fraction de seconde, le pied droit de Sophie glissa sur une plaque de glace cachée, son corps entier fit une demi-pirouette et elle tomba sur le côté.

— Tu t'es fait mal ? dit un homme qui s'en venait en face.

— Non, je ne pense pas, je suis juste surprise, dit Sophie en essayant déjà de se relever.

L'homme l'aida à se remettre debout en la soulevant par le bras.

— Merci… merci, Monsieur ! Je suis okay.

— Quel horrible temps ! dit l'homme en repartant. Je déteste l'hiver.

Sophie ramassa sa sacoche et secoua la neige sur son manteau. Sa respiration haletait comme le vent. Une douleur se fit sentir à son poignet droit. Elle ouvrit et ferma la main quelques fois. La douleur était stable. Il n'y avait rien de cassé, Dieu merci. « Je ne serais pas tombée comme ça avant, pensa-t-elle en sentant le pincement du défaitisme dans sa poitrine. Je ne suis plus jeune comme je l'étais… » Elle continua sa marche jusqu'au Théâtre de l'Impasse, le corps crispé par la peur que d'autres plaques de glace malicieuses ne guettent son pas.

Jean Arceneaux était arrivé au théâtre quelques minutes plus tôt. Il l'attendait à la porte.

Je suis contente que tu aies ajouté cette séquence d'hiver. Ici, en ce moment, la neige fond sous un soleil d'une lumière éblouissante qui fait plisser les yeux. J'écoute les gouttes d'eau tomber du deuxième étage sur le toit de mon solarium. Le rythme métronomique des grosses gouttes se mêle à la mélodie des gouttes plus petites qui tapotent légèrement, sans patron précis. Quelques minces filets d'eau ruissèlent sur les fenêtres, et l'ombre de leur flot tremblote sur le cuir de mon divan avec une douceur complice de la tranquillité de ce dimanche matin. J'ai toujours pensé que nous n'apprécions pas assez les belles journées d'hiver.

Ton texte m'a donné le gout de revisiter le cap Fendu au printemps.

J'ai le pressentiment que le Théâtre de l'Impasse sera la scène… d'un happening, peut-être? La sonorité du mot « happening » éveille en moi le souvenir de l'époque woodstockienne, où de nombreux artistes ont tenté d'effacer la frontière entre la scène et le public. J'ai vu, au cours d'une même année, les marionnettes géantes, colorées et ludiques du théâtre Bread & Puppet et, plus tard, les personnages de *La classe morte*, de Tadeusz Kantor, vêtus de noir et portant un masque blanc sans expression. Ironiquement, ce sont les images de *La classe morte* qui sont restées les plus vivantes en moi. Je n'oublierai jamais l'effet de la scène d'ouverture, où la moitié des figurants, figés sur les bancs d'école, étaient en cire et l'autre moitié étaient vivants. Kantor lui-même était présent sur scène pour diriger ses comédiens comme le plus habile des chefs d'orchestre. Je suis restée fascinée par le fait que, pendant plusieurs minutes, il était impossible de distinguer entre les personnages en cire et ceux en chair.

La nuit dernière, j'ai rêvé que l'on m'offrait un escalier géant posé sur des roues. Les premières marches du bas de l'escalier avaient une courbe, mais le reste montait tout droit, très haut en l'air. Les roues de l'escalier me permettaient de le transporter là où je le voulais. Je me suis réveillée ce matin le cœur plus léger que d'habitude.

As-tu des nouvelles d'Éric depuis qu'il est rendu en Afghanistan ? C'est facile pour moi de te dire de ne pas t'inquiéter. L'inquiétude est toujours une énergie qui stagne. Quand je pense à lui (ce qui m'arrive très souvent), je l'imagine à l'abri de la mort. Je le vois au haut de l'escalier de mon rêve.

Je t'aime.

Merci pour tes commentaires. Ils me lancent toujours sur des pistes de réflexion qui finissent par me diriger ailleurs. J'aime ça ! *Love it !* En fait, j'ai une proposition à te faire. Puisque tu as été si étroitement liée à la rédaction de Laville et que je n'ai plus le choix de continuer pendant quelques jours parce que je dois travailler à ma recherche, je te propose d'en continuer l'écriture. En d'autres mots, pour les prochains jours, je te cède le clavier. Je pense que l'expérience pourrait s'avérer fort intéressante pour le jeu auquel nous avons convenu de nous livrer au départ. Je te lance le défi. Nous verrons où cela va nous mener.

Oui, Éric est bel et bien rendu en Afghanistan. J'aurais aimé qu'il puisse faire un arrêt à Paris avant son déploiement, mais ça n'a pas été possible. Ces mois de séparation ne vont pas être faciles. Je me divertis avec mes travaux et mes sorties, mais le soir, avant de m'endormir, les distractions s'effacent et je me retrouve seule avec mes appréhensions. Je m'agrippe à une foule de souvenirs que j'essaie de projeter dans l'avenir.

Éric n'a plus la possibilité de m'envoyer des courriels aussi régulièrement qu'avant, alors j'apprécie doublement ceux que je reçois. Voici un extrait du dernier message qu'il m'a envoyé. Il résume bien ses premières impressions du pays où il doit accomplir sa mission.

Ma très chère Ariane,

Je suis dans un « autre monde » que je n'aurais pas pu imaginer avant d'arriver ici. D'abord, ce sont le climat et l'absence de couleurs dans le paysage qui frappent. Le contraste entre la chaleur du jour et le froid de la nuit. La seule verdure que j'ai vue était des champs de marijuana qui s'étendaient à perte de vue.

J'ai déjà eu l'occasion de me rendre dans les montagnes de la région de Kandahar, où nos troupes sont installées temporairement pour mieux traquer l'ennemi. Je peux voir le résultat du travail des soldats qui nous ont précédés pour gagner la confiance de la population locale. Certains Afghans nous voient comme des héros. Mais nos chefs continuent de nous rappeler qu'assez souvent l'ennemi se cache dans les villages parmi la population. La méfiance que cela peut créer est amplifiée par le fait que nous ne comprenons pas la langue et que nous devons souvent nous fier aux interprètes pour communiquer directement avec les gens. J'apprends vite à mieux lire le visage des paysans et leur langage corporel. Je ne crois pas que l'ennemi puisse facilement afficher une fausse mine d'amitié. Mais peut-être que je me trompe…

Les journées sont longues, mais elles passent vite, peut-être parce que c'est encore tout nouveau pour moi. Les gars qui sont ici depuis quelque temps ont beaucoup d'histoires à conter.

Le jour même où nous sommes arrivés, il y avait un avion qui repartait au Canada avec deux soldats morts. Ce fut pas mal raide pour nous autres, mais c'était encore plus dur pour les soldats qui les connaissaient. Ça a donné un autre feeling à l'atelier que l'armée nous avait offert sur la mort avant notre départ. Ça m'a foutu une plus grande peur des pièges.

Malgré tout, depuis que je suis ici et que je rencontre des Afghans, je suis plus convaincu que jamais de la valeur de notre mission. Mais, comme moi, tu sais que toute mission a un commencement et une fin. À la fin de ma mission, Ariane, il y a toi et moi et il y a les enfants que nous pourrions avoir. Nous aurons un pied-à-terre à la Baie. Pour l'instant, c'est ton amour qui me tient debout.

Je suis à toi pour toujours.

Comme tu sais, Mame, mes idées sur la guerre et les combats ne correspondent pas toujours à celles d'Éric, mais le compromis que j'accepte sur le plan de nos valeurs ne m'empêche pas de l'aimer profondément et même d'admirer ses convictions. Est-ce vraiment utopique de croire à la possibilité d'un monde sans guerriers ?

J'attends avec un brin d'impatience ta réponse au défi que je te lance.

ARIANE@PARIS

Un monde sans guerriers serait un monde où personne ne croit à la guerre. C'est la soif du pouvoir qui brouille tout, c'est le fait de se croire meilleur que les autres.

Oui, Ariane, j'accepte ton offre de me céder le clavier. En fait, je n'ai pas de doute que le jeu me plaira. Je m'y mettrai tôt demain matin, avant que le soleil se lève.

LE MARIAGE ET LA NOCE

Les raisins du vignoble sont tous verts. Enrobées dans la rosée du matin, les grappes qui pendent des vignes n'ont pas encore atteint leur maturité. Les mouches qui agacent parfois les touristes dans la région de Blomidon dorment encore. Elles attendent le lever du jour avant de se faufiler entre les rangées de vignes exposées au soleil d'Amérique pour se poser tantôt sur la verdure foncée des feuilles, tantôt sur le vert plus clair du jeune fruit.

Après plusieurs années de refus catégorique, Barton Saunier s'était laissé convaincre par l'idée que l'est du Canada pourrait peut-être produire un raisin susceptible de donner un vin digne de ce nom. Son expérience s'écarterait complètement du concept d'appellation d'origine contrôlée. On ne peut reproduire un territoire et encore moins le déplacer. Ces vérités étaient tellement manifestes que Barton n'y avait jamais réfléchi.

La noce aura lieu aujourd'hui sur les terrains du vignoble expérimental de Barton, le Domaine Lavigne. Une tente blanche flanque l'édifice moderne qui abrite les bureaux et sert de lieu de rencontre pour les touristes et les acheteurs. Au pied de la colline sur laquelle s'étend le vignoble, Laville se réveille. Les traiteurs du Gaspareau ont déjà préparé vingt-quatre différents plats d'amuse-gueules. Plus loin sur l'horizon, la tête du cap Fendu sourit vers l'est. C'est le 28 juillet et il fait chaud.

Il s'agit d'un mariage double.

Ariane et Nathalie sont logées dans le même hôtel avec leur suite d'amies qui s'affairent comme des fourmis pour voir aux menus détails de la journée mémorable et pour admirer, envier et cajoler les deux mariées. Les demoiselles d'honneur ajustent soigneusement quelques cheveux frivoles, un corsage posé un peu trop à gauche, le maquillage d'une paupière qui demande une autre touche de vert. Les femmes rient. Les appareils photo flashent. Les bouchons de trois bouteilles de Veuve Clicquot sautent. La fête des femmes est commencée. Nathalie approche son verre de son oreille pour écouter le chant des bulles de champagne, comme Alex lui avait suggéré de le faire en lui offrant les bouteilles. Les jeunes femmes resplendissent de beauté. C'est leur tour et leur devoir d'être belles comme les femmes des magazines de mode, à qui elles n'ont rien à envier ce matin.

Dans une résidence de l'Université de Laville réservée spécialement pour les invités de la Baie, Éric se réveille en sursaut. Il a mal dormi après le *party* de la veille et le sommeil l'a rattrapé au petit matin. Il sent encore les effets du décalage de son retour de guerre, et la première image qui lui vient à l'esprit est celle de Najela, la fillette afghane aux yeux foncés qu'il rencontrait chaque matin près du village de Spin Boldak. Le papier et les stylos offerts en cadeau à l'enfant avaient créé entre elle et lui un lien plus fort qu'une bague. Najela avait pleuré en apprenant le départ d'Éric. « Peut-être que je reviendrai un jour », lui avait-il dit par la voix d'une interprète avant de partir. Éric avait aussitôt regretté ses paroles illusoires.

— Éric… Éric, lève-toi ! Tu te maries aujourd'hui ! As-tu oublié ? Lève-toi !

Éric se frotte les oreilles pour étouffer les voix de sa mère et de ses trois tantes, qui frappent indiscrètement à sa porte.

Au Gaspareau, les cuisiniers sont devenus agacés par la présence d'Alex, qui n'a pu s'empêcher de se lever avant le jour pour passer mettre le doigt à toutes les sauces. Ils se lancent à l'attaque sur un ton guilleret et moqueur en le fouettant de leurs lavettes.

— Va-t'en ! Fais-nous confiance ! Tout est prêt.

— Va te préparer ! Fiche-nous la paix, Alex ! Va te marier !

Il recule vers la porte, bouche ouverte, comme un bucheron s'éloignant de quelques pas de son arbre pour le regarder tomber.

— N'oubliez pas la caisse de pineau ! Elle est à côté des caisses de vin.

Alex repart chez lui en se laissant visiter un instant par la pensée apaisante qu'il verrait sous peu Nathalie dans sa robe de mariée. Il n'admettrait à personne que son corps est habité par une étrange nervosité qui a l'effet d'une sauce aigre-douce, le type de sauce qu'il n'utilise jamais dans ses recettes.

Pour la cérémonie officielle, les mariés se sont entendus sur le choix de la chapelle de l'Université plutôt que l'immense basilique Saint-Charles, qui a vu naitre à ses pieds, il y a deux siècles, la Grande Place du centre-ville. Barton et Sophie auraient souhaité que la cérémonie se déroule à la basilique, mais ils se sont gardés de faire connaitre leur préférence. La décision des mariés a reposé sur le désir d'une intimité qu'on ne retrouve pas à l'intérieur d'un édifice aux voutes s'élevant à une hauteur de quatre étages et dont les murs ont amassé les sermons de six générations de prêtres.

La chapelle, aux murs fraichement peints, est petite et moderne. Les seules œuvres d'art à caractère religieux sont les vitraux qui filtrent la lumière à travers les coloris fumés de formes humaines stylisées. Dans sa simplicité, la chapelle est quasiment areligieuse. Elle semble parfaitement intégrée au Jardin botanique du campus.

Alex et Éric, debout près de l'autel, ne résistent pas à l'effet calmant et hypnotisant de l'orgue, dont les notes psalmodient discrètement sous les doigts doués d'Hervé Lord. Les mariées, debout à la porte de l'entrée principale, redressent les cravates identiques des deux pères qui les donneront en mariage. Le cou des hommes est moite d'une émotion que les filles n'ont jamais vue chez leur père. C'est une émotion rauque immobilisée dans leur gorge pour marquer le passage vertigineux de mille images d'une petite fille transformée en femme. Les pères ne feront jamais un plus grand don.

Les mariées marchent d'un pas sûr. Le sourire rayonnant de leur visage reflète l'assurance de leurs pas, comme une énergie puisant sa force dans un rituel qui se répète depuis des siècles et des siècles. Le pas des demoiselles d'honneur est un tantinet plus hésitant. Leurs pieds marchent sur les brins d'espoir que leur tour viendra. Tous les regards sont braqués sur les mariées. Personne ne voit les yeux d'Alex et d'Éric s'embrouiller alors qu'ils regardent s'approcher d'eux le cortège nuptial qui les exclut de l'entrée traditionnelle parmi les invités. Les gars ne voient que leur mariée, plus belle qu'hier, plus posée que demain, s'avancer vers eux et se détacher du bras de leur père pour s'abandonner à leurs bras musclés de jeunes hommes.

À mesure que la cérémonie progresse, les invités se recueillent dans un univers de religiosité passive, un monde de soumission et de silence. Autrefois, le prêtre entamait l'heure sainte du dimanche après-midi en disant d'une voix monotone : « Mettons-nous en la présence de Dieu. » Le réflexe de silence ponctuant ses paroles a survécu au temps, mais aujourd'hui, dans l'esprit des invités, le visage des dieux a changé.

La chapelle de l'Université s'emplit des souvenirs de toutes les cérémonies de mariage des parents aujourd'hui réunis pour célébrer l'union de Nathalie et Alex et celle d'Ariane et Éric. Les souvenirs se frottent aux cris de baptêmes qui ont suivi les mariages et ils se frôlent, sans insistance, à quelques images du dernier passage dans une église de la parenté disparue. Le souffle de l'orgue produit toujours un effet semblable, peu importe la cérémonie. C'est voulu. C'est le même souffle qui unit tous les passages de la vie. Hervé Lord en est pleinement conscient en laissant filer ses doigts sur le clavier.

Le prêtre commence son bref sermon par les paroles : l'union fait la force. Il fait ensuite allusion à la valeur symbolique du cercle et à la solidité de la structure géométrique de l'anneau. Il ne manque pas de mettre les nouveaux mariés en garde contre la monotonie du quotidien qui pourrait éventuellement se travestir en cercle vicieux.

— Vous êtes maintenant unis pour la vie, conclut le prêtre lorsque les quatre bagues ont absorbé la chaleur des doigts qui les ont accueillies.

La présence d'Alex et d'Éric dans la marche nuptiale de la sortie donne déjà le ton à la noce qui suivra. Le silence introspectif de la chapelle s'évanouit et les voix des invités s'élèvent juste assez pour se faire entendre au-dessus des accords de la marche. Alex mène le jeu en s'empressant de serrer la main de tous ses invités avec l'assurance d'un politicien à la veille d'une élection. Nathalie doit lâcher le bras de son mari par moments pour accepter une bise d'une cousine debout de l'autre côté de l'allée. Éric ne fait que sourire béatement en tenant fort la main d'Ariane, qui chuchote dans l'oreille de sa mère que la cérémonie a été plus que parfaite.

Entre le terrain de stationnement et la tente nuptiale du Domaine Lavigne, un escalier de cinquante-huit marches serpente le long de la frontière entre deux champs plantés de cépages différents. Plus tard dans la saison, les fruits du champ de gauche deviendront violacés tandis que les raisins de droite laisseront discrètement murir leur teinte verte pour produire du vin blanc.

Malvina fait quelques pauses en montant l'escalier pour reprendre son souffle. Elle en profite pour comparer les plants et leurs raisins, et admirer la forme des pierres de l'escalier et leur agencement artistique sur un fond de sable terre de Sienne.

— Que je suis contente de vous voir ici, Malvina ! dit Sophie en arrivant derrière elle à la hâte mais en prenant le temps de la serrer chaleureusement dans ses bras. Je vous ai réservé une place à notre table.

— J'apprécie beaucoup votre invitation et votre geste. Merci, Sophie. À tout à l'heure !

Les tables rondes garnies de hors-d'œuvre sont éparpillées ici et là à la périphérie de la tente et contre l'édifice de manière à ce que personne errant dans le décor ne puisse résister à la tentation de gouter aux menues créations gastronomiques ou de retrouver des saveurs connues qui ne font pas partie de sa cuisine quotidienne : rillettes de truite au basilic, brioches d'escargots au roquefort, tapenade d'olives vertes, mousse de foie gras truffée, pétoncles princesse, canapés roulés aux asperges, blinis au gingembre avec garniture de saumon fumé, huitres fraiches sur glace, minicôtelettes d'agneau au romarin, moules au vert… On a même pensé, pour amuser la gueule des enfants, d'inclure du popcorn aux herbes de Provence et à l'ail.

La création suprême d'Alex est étalée sur une table au centre de la tente. À base de grosses coques fournies par son beau-père, Bobby, Alex a préparé des minicroquettes de coques en rondelles épicées au thym, une tartinade de coques à base de fromage à la crème persillée à saveur d'anis, des sushis à la coque et à l'avocat en forme de cœur et, pour l'occasion, des rouleaux farcis d'un mélange d'herbes et de légumes lié à de la chair de coques hachée par une chapelure maison et enveloppés dans une pâte feuilletée très légère et croustillante. Ces délicieux rouleaux peuvent se consommer aussi bien froids que chauds, avec ou sans sauce.

Debout près de sa table et collé contre l'épaule de sa nouvelle épouse, Alex invite Bobby à tremper un rouleau dans une des sauces aux teintes multicolores qui garnissent la table.

— Tiens, Bobby, goute à celle-ci. À mon avis, c'est ma meilleure recette !

Bobby trempe le rouleau dans une sauce verte. Le gout de la coriandre lui est complètement étranger. Il a l'effet d'une surprise inattendue. Barton surveille d'un air amusé le mouvement de ses lèvres encadrées d'une barbe et d'une moustache grisonnantes.

— C'est… c'est différent.

Il trempe de nouveau la dernière bouchée de son rouleau, pour être poli. Bobby préfère les aliments aux saveurs familières. Il retournera à la table des moules. Les épices du plat de moules au vert sont collées à la coquille des mollusques ou bien elles sont noyées dans leur jus de cuisson, qui a coulé au fond du plat pour d'autres invités qui le boiront goulument en le puisant à l'aide d'une moitié de coquille en guise de cuillère. Pour Bobby, les moules cultivées ne valent pas les moules sauvages, qui ont un goût plus authentique, comme les femmes sans maquillage. Mais aujourd'hui, il reconnait que le maquillage a sa place. Surtout sur le visage de Nathalie. Il l'embellit pour l'occasion. Il l'embellit dans le regard des autres. Il fait d'elle et Alex le plus beau couple de Laville. Le maquillage gonfle la fierté du couple et, au fond, la sienne aussi.

Les boissons du bar coulent librement. Demandez et vous recevrez, compliments de la famille Saunier ! Les réserves de bière, de vin et de champagne sont intarissables. Malvina s'est déjà assise à table pour soulager le poids sur ses hanches. Elle observe la fête avec un sourire de contentement.

— Vous préférez peut-être un Ricard frappé, Malvina ? dit Barton.

— Pourquoi pas ? La chaleur me donne toujours envie d'un Ricard, vous le savez bien. Merci !

Pendant que Barton s'éloigne pour aller chercher sa boisson, Malvina essuie la sueur de son front avec une serviette de table et elle se tourne un instant pour admirer au loin le panorama de Laville nichée au pied de la colline. C'est la première fois qu'elle voit sa ville de cet angle et elle lui parait plus petite qu'elle ne l'aurait imaginée. Du haut de la colline, il est possible de voir au loin les champs blottis de chaque côté de la rivière du Dauphin serpentant son lit de vase rouge marron à travers les terrains fertiles au fumet de pomme.

Malvina est trop loin pour discerner les vaches qui paissent dans les fermes des agriculteurs forcés à entamer des démarches pour protéger leurs terres contre l'appétit des promoteurs immobiliers. Encore hier, leur lutte faisait les manchettes de *Laville Nouvelle*. Pendant combien de temps tiendront-ils le coup ? Elle voudrait croire qu'ils sortiront toujours gagnants. Elle souhaiterait pouvoir figer Laville dans son état actuel, ni trop grande, ni trop petite, une ville avec une âme convoitée, grandie et enrichie par la descendance des pionniers qui s'y étaient attachés dès leur arrivée en Amérique. Malgré ses racines sur un autre continent, Malvina se sent lavilloise jusqu'au fond de ses entrailles.

Les invités commencent à se regrouper autour des tables. Les places n'ont pas été assignées à l'avance, mais Malvina remarque que chaque famille des invités de la Baie semble tourner autour d'une table choisie au hasard, et les Lavillois ne font pas d'effort pour s'intégrer à eux. Ils agissent comme deux courants qui se frottent, mais qui ne se mêlent pas. Elle sent une main d'enfant se poser sur son genou.

— Qui es-tu, Madame ? demande une fillette timide en la fouillant d'un regard curieux.

— Je m'appelle Malvina. Et toi, ma petite, comment t'appelles-tu ?

— Je m'appelle Caroline.

— Caroline, c'est un très joli prénom.

— Caroline Thériault. Et j'ai quatre ans, dit-elle en montrant quatre doigts devant son visage.

— Tu habites à la Baie ?

— Oui… La mariée, c'est la cousine à Mame. Tu connais Ariane ?

Malvina la regarde avec un sourire de maitresse d'école à la veille des vacances d'été.

— Moi, je suis une amie d'Alex et de Nathalie. Non, je ne connais pas vraiment Ariane.

— Elle a une belle robe, Ariane.

— Les deux mariées ont de très belles robes. Et toi,

Caroline, aimerais-tu te marier un jour dans une belle robe ?

Caroline fait une drôle de moue, comme si la question exigeait d'elle un effort inutile.

— J'sais point… répond-elle en détournant son regard vers le bar. Peut-être… As-tu des enfants, Malvina ajoute-t-elle d'une voix timide en levant les yeux sur elle ?

— Non, Caroline, je n'ai pas d'enfants. Ni de mari.

— Ah.

Elle fixe Malvina dans un silence interrogateur.

— Viens-t'en, Caroline, crie David en arrivant en courant, essoufflé, la cravate croche et la queue de sa chemise blanche trainant sur ses fesses. Ej jouons à la cachette dans les vignes.

— C'est mon cousin David, dit Caroline en partant derrière lui. *Bye*, Malvina !

Barton arrive avec le Ricard et une assiette de hors-d'œuvre assortis qu'il dépose sur la table.

— Voilà ! Tout le monde parait content, dit Barton.

— Que la noce commence ! dit Malvina en levant son verre pour trinquer avec lui.

Chacun des trois plats de résistance, homard à la crème, agneau des iles et chevreuil sauvage, est accompagné d'un assortiment commun de légumes du terroir, jeunes, fermes et frais… à l'image des mariés !

— J'ai jamais vu un pareil *spread* pour des noces, chuchote une des tantes de Nathalie à sa sœur.

— J'aimerais point avoir besoin de payer le *bill* !

La plupart des femmes à la noce préfèrent le vin blanc, alors que les hommes qui n'ont pas opté pour la bière ont une préférence pour le rouge. Peu importe le choix, l'alcool se répand dans les veines à la cadence de la mer qui monte sur le sable, de centimètre en centimètre, brouillant les grains de sable avec le mouvement de chacune de ses vagues. L'ivresse a acquis ses lettres de noblesse. Les vignobles, le raisin et le vin de Barton Saunier s'unissent au soleil pour réchauffer la noce de l'intérieur, pour délier les langues et masquer les inhibitions, pour faire croire à la légèreté de la vie.

Le vin assaisonne les toasts offerts aux deux mariées, qui finissent par se ressembler comme des jumelles aux âmes sœurs nées au même endroit. Les taquineries s'appliquent tant à l'une qu'à l'autre, sauf les allusions au séjour qu'Ariane a fait à Paris pour apprendre à mieux aimer un homme « à la manière française » et pour se rapprocher d'Éric, qui se trouvait un sixième de globe plus loin en direction de l'Asie. Les discours d'occasion se terminent avec les dernières bouchées du dessert.

Check, check, check. Le technicien des musiciens installés sur le belvédère qui surplombe Laville termine les réglages de la console pour ajuster la qualité sonore des instruments et des voix. Déjà, les lueurs rouges du soleil s'éteignent discrètement derrière Blomidon. La première valse est la dernière fonction officielle des mariés devant leurs invités. Sentant tous les regards braqués sur eux, ils exécutent quelques pas hésitants, s'arrêtent et reprennent leur mouvement. Un deux trois. Un deux trois. Et le rythme de leurs pieds s'accroche plus fermement à la musique, leurs corps se mettent à glisser comme des patineurs sur la glace d'un lac éclairé par les rayons d'une pleine lune. Leurs têtes restent droites et dégagées. Ils ne disent presque rien. Leurs visages sourient et leur bonheur séduit.

Deux heures plus tard et douze caisses de vin en moins, les corps se sont rapprochés, collés par un *slow* et le dégourdissement des invités tassés sur la piste de danse. On sent une sueur humaine désinvolte.

— Le monde commence à partir, Ariane. Mais tels que je connais mes *tchums*, i' seront point pressés. I' seront les derniers à partir.

L'oreille d'Ariane est presque collée à celle d'Éric.

— J'aurais aimé de parler à tout le monde, mais c'était impossible.

Ariane se colle encore plus fort contre le corps de son soldat.

— J'ai une impression d'irréel, Éric, mais j'essaie de capter toute la magie de la noce, pour ne jamais l'oublier.

— Moi aussi, Ariane, je veux être pleinement présent ici, oublier tout le reste… J't'aime…

En se levant pour partir avec son épouse, Bobby frôle le bras de Malvina, à qui il n'a pas eu l'occasion d'adresser la parole depuis le début de la fête.

— C'est le temps de partir ! dit-il.

— Vous ne restez pas pour la nuit ?

— Non, c'est la pêche demain matin à cinq heures !

— Vous êtes plus matinal que moi, ça, c'est sûr !

Malvina regarde Bobby d'un nouvel œil. Son visage lui rappelle celui du frère Jacques. Sa manière de marcher aussi, comme si les deux appartenaient au monde de la mer et des iles. C'est l'image qui lui resta lorsqu'il franchit la porte pour disparaitre dans la nuit.

Nathalie embrasse ses parents très fort. La larme et la voix étouffée de son père lui coupent le souffle.

— J'irons à la Baie dans quelques jours. Prenez-vous garde…

Alex enlace son épouse par la taille et l'emmène sur la piste de danse.

— Un jour, ce sera moi qui aurai à donner ma fille en

mariage, lui dit-il. Je lui ferai une noce encore plus grande et plus élaborée que la nôtre, peut-être dans un pays exotique et chaud… As-tu une idée où ?

— Arrête tes folies, Alex. Tu veux toujours mettre la charrue devant les bœufs.

— Et si on s'y mettait ce soir. Ça serait *cool*, concevoir notre fille le soir de nos noces…

— Point si simple, Alex !

Alex lui donne alors un long baiser qui les immobilise en plein milieu de la piste jusqu'à ce qu'un des cuisiniers du Gaspareau lui donne un coup de coude dans le dos.

— Point si simple, Alex ! répète-t-il en riant.

C'était une expression bouffonne chère à Nathalie qu'il avait intégrée à son langage et qu'il utilisait souvent quand il était heureux.

— Ça me ressemble qu'ils auriont pu nous remercier pour les sieaux de coques.

Bobby ne prend pas la peine de répondre. Sa femme n'ajoute rien avant d'abaisser le dossier de son siège pour s'endormir.

La circulation est légère. Seuls quelques poids lourds se dirigeant vers Laville brisent de temps à autre la monotonie et le silence de la route qui se déroule comme un ruban noir dans la nuit. S'il avait été seul, Bobby aurait écouté la radio ou un de ses *CD* de Johnny Cash. Pour meubler le silence et la solitude pendant son retour somnambulesque vers la Baie, il se contente de poser les yeux tantôt sur la ligne jaune au milieu de la route, tantôt sur les étoiles et les constellations du firmament, qui sont plus brillantes que d'habitude. Autrefois, il avait appris à naviguer en se guidant sur les étoiles, mais il avait rarement eu l'occasion de mettre ses connaissances à l'épreuve. Comme un écho dans sa tête, il réentend les paroles de la dernière chanson de la noce avant leur départ de Laville : « … Jamais je n'ai vu des yeux de femme scintiller comme ça. »

Bobby ouvre brièvement la vitre de sa voiture pour changer l'oxygène et renifler une bouffée d'air rafraichissante. Son nez est resté imprégné du bouquet du vin rouge de Barton, qu'il a humé à pleins poumons pour se rappeler les temps passés alors que, jour après jour, il buvait. Pendant qu'il se promenait dans sa Chevy d'adolescent, Bobby s'était mis à boire, chaque jour et chaque année un peu plus, jusqu'à ce que l'alcool devienne sa béquille, jusqu'à ce que sa vie embrouillée soit sur le seuil d'éclater. Un jour, au mois d'aout, il avait vu dans les yeux scintillants de Nathalie, qui avait alors dix ans, l'effet de ses folies et il avait fait la promesse de ne plus toucher à l'alcool. Depuis lors, Bobby a tenu sa promesse, même s'il souhaiterait encore aujourd'hui tremper sa langue dans le gout, le gout seulement, du raisin et du houblon. Mais il ne succombera pas à la tentation de crainte de devoir rapiécer sa vie une autre fois.

En arrivant à la porte de sa maison à la Baie, il s'arrête un instant pour contempler une dernière fois le ciel illuminé. Comme toujours, depuis les débuts de sa mémoire d'enfant, l'étoile du nord est plus brillante que les autres.

La noce est finie.

> *We cannot anticipate death or how we will feel the morning after the wedding when a life engagement has been made, we cannot anticipate the profound meaning of it.*[13]

---

13 Thomas Lynch, émission *Ideas* diffusée sur les ondes de la radio de CBC le 10 décembre 2007.

ASTHEURE II

En vérité, on vit dans un petit monde, en exil chez nous-mêmes. C'est du théâtre qu'on se fait sur une petite scène. Quel espoir est-ce qu'il y aurait dans le vrai monde, *out there in the real world* ?

Jean Arceneaux

La maison

Dans le monde d'astheure, j'aime le fricot aux poutines râpées. Je ne comprends plus mon dédain et ma répugnance d'enfant envers ce plat. Il fait aujourd'hui partie de mes *comfort foods*, au même titre que le gumbo, le spaghetti, la râpure et les *red beans on rice*. Récemment, j'ai ajouté à ma liste une recette personnalisée de choucroute au porc, mais elle se congèle moins bien que les autres plats, pour un repas *quick fix* les jours où l'imagination culinaire s'épuise.

Ma maison est ma petite scène. J'ai choisi une maison presque deux fois centenaire. Vieille, mais solide. Avec de l'âme. Un jour, peu de temps après mon achat, un ami est entré dans la maison. Il s'est immédiatement arrêté à la porte et il a dit : « Je sens les esprits qui habitent ta maison. Ils sont encore ici. Mais ils sont heureux. Tu n'as rien à craindre. » Je vois encore Paul debout à la porte, ses yeux errant en l'air comme s'il voyait mes ancêtres, invisibles à mes yeux et à mon imaginaire, flotter près du plafond de ma cuisine en se frottant à la chaleur exhalée par le vieux poêle à bois qui les avait chauffés et nourris de leur vivant. Depuis ce temps, j'ai rêvé quelques fois à leur présence. Mes rêves déformaient les pièces de ma maison telles que je les connais, mais les présences fugitives avaient, dans chacun de mes rêves, le même poids dérangeant. Elles occupaient trop de place.

À mesure que j'ai enlevé le vieux plâtre craqué et les lattes qui le tenaient en place dans certaines pièces de ma maison pour mieux m'isoler du froid, j'étais consciente que j'envoyais au dépotoir une partie du labeur de mes ancêtres, que je détruisais leur petit monde. Chaque année, la maison est devenue un peu plus la mienne. Dans certaines pièces, j'ai choisi de colmater les fissures du plâtre et de repeindre les murs intacts. Lorsque j'entre dans ces chambres, il y a moins de moi-même. Pendant quelques instants, je me sens interpelée par l'âme du siècle ancestral. C'est plus sympathique qu'une visite au cimetière. Mon *attic* est encore rempli d'objets porteurs d'histoire que j'ai entassés là en rénovant, en attendant que je réponde à mon besoin de faire le tri entre mon respect de l'antan et mon désir de fraicheur et d'espace.

Si je vois parfois ma maison comme étant la petite scène de mon théâtre, comme le dit Jean Arceneaux, c'est moi qui décide qui seront les comédiens qui y joueront. C'est moi la « Kantor » de mon espace scénique. C'est moi qui invite et qui choisis de partager. J'ai toujours cru que les présences humaines sont l'essence d'une maison.

J'ai invité deux chats à jouer sur ma scène. Les chats et les chiens nous sont donnés pour nous aider à mieux comprendre le monde animal. Ils jouent le rôle d'un lien affectif avec tous les autres animaux de la terre. Avec leurs mouvements gracieux, je les vois comme des œuvres d'art ambulantes. J'ai nommé mes chats Adam et Ève. Ils sont nés un 29 février. Adam est gros. Ève, la moitié de la taille de son frère, saute comme une gazelle. Elle cherche constamment à se placer aux endroits les plus élevés de ma maison ou à se cacher dans les recoins les plus obscurs. Ève est curieuse. Lorsqu'elle dort, elle prend la forme d'une virgule, d'une boule de fourrure chaude et vulnérable. Adam, le matou terre-à-terre, préfère errer sur mes planchers dans ses sentiers battus qui sont invisibles à mes yeux d'humain. Il se couche le plus souvent sur le dos, les pattes en l'air, comme pour afficher toute sa mâlitude. « Frotte-moi le ventre », semble-t-il dire. Il a la mauvaise habitude de sauter sur Ève lorsqu'elle dort paisiblement pour lui mordre le cou, pour lui réclamer son territoire. Je lui fais des reproches. Je l'ai déjà traité de *bully,* mais il me répond en me regardant tout simplement avec une mine de conquérant, fier de sa stratégie.

Il m'arrive parfois de ressentir la présence d'Adam et d'Ève comme des humains dans des corps de chats. Il est impensable pour moi de manger leur chair. Mais je mange la chair d'autres animaux.

Mes chats m'ont aidée à mieux comprendre les humains, à m'abstenir de juger sans raison et à aimer sans condition. J'ai appris cela en fixant mon regard au leur et en essayant de deviner ce qui se passe dans leur tête. Sans paroles. J'ai l'impression qu'eux aussi ont fait l'effort de me comprendre avant de se laisser amadouer peu à peu, d'année en année.

> « *All that's visible clings to the invisible,* » *as Novalis said. Each reality depends on the other in ways that escapes language almost completely.*[14]

Adam et Ève n'ont pas le droit de sortir de ma maison, de quitter ma scène pour aller *out there in the real world* affronter les loups, chasser les plus petits animaux et réclamer un plus grand territoire. D'une certaine manière, ils sont choyés, pareils à moi qui vis dans un pays d'abondance et d'accoutumances.

---

14 Don Domanski, poète, entrevue affichée sur le portail *Words at Large*, de CBC : *http://www.cbc.ca/wordsatlarge/index.html?copy-programs.*

J'ai de la peine à me rappeler à quel moment précis j'ai perdu ma fascination d'enfant pour la télévision. Je pense que c'est lorsque je suis partie de la maison paternelle. Beaucoup plus tard dans ma vie, je me suis accrochée au souvenir de mes parents vieillis qui passaient leurs veillées dans deux pièces séparées de leur maison avec chacun leur téléviseur. Je peux encore entendre le chevauchement discordant de deux émissions dont l'une m'aurait ennuyée autant que l'autre. La présence de la télévision dans leur vie m'agaçait. Pourtant, je n'avais aucun droit de leur imposer mes préférences, de prétendre que nous aurions dû partager le même ennui, la même idée à l'égard de la banalité de certaines émissions futiles et superficielles que je voyais comme un gaspillage de temps.

Peut-être que j'étais trop sérieuse, que je gérais mal mon obsession du temps à ne pas gaspiller. Peut-être que je n'ai jamais su développer mon sens de l'humour, apprécier le côté ludique et divertissant de la télévision et le rôle de l'humour dans la vie. Je détestais particulièrement les *sitcoms* aux rires de foule préenregistrés.

Entre la télévision et l'ordinateur, la radio m'a maintes fois accompagnée au cours de longs voyages solitaires en voiture entre Laville et la Baie. Encore aujourd'hui, en regardant distraitement défiler les paysages familiers, je choisis tantôt une musique, tantôt des paroles qui stimulent mes idées. J'accueille les animateurs de radio des grandes villes canadiennes dans ma voiture. Ils font bonne compagnie avec leurs conversations, même si elles sont à sens unique. J'écoute. J'ai toujours écouté plus que j'ai parlé. Et lorsque leurs idées ne m'intéressent plus, j'éteins la radio et je laisse mijoter mes idées avec les leurs, comme Barton qui laisse fermenter son raisin du Domaine Lavigne pour fabriquer son vin nord-américain au tanin différent de celui des vieux pays, mais qui produit un effet semblable sur les buveurs.

J'ai un penchant pour la radio. Elle m'offre un choix. La technique du *podcast* a éliminé la contrainte du temps. Depuis que mes oreilles ont accueilli l'iPod, je peux écouter mes animateurs préférés quand je veux et où je veux. La préférence imposée du mot « baladodiffusion » au lieu de *podcast*, me *grichte*, comme on dit à la Baie. Le mot dure trop longtemps dans ma bouche. *It doesn't feel right*. Son utilisation me parait tout aussi futile qu'essayer de trouver une expression française aussi évocatrice que *facebook*, *youtube* ou *stumbleupon*, une qui *fiterait* aussi bien à la réalité qu'elle décrit et à laquelle on cèderait la place pour nommer les phénomènes que ces mots représentent alors qu'ils sont déjà enracinés dans la vie des générations qui me suivent.

Dans plusieurs contextes, l'idée même de céder la place à un autre mot me semble de moins en moins pensable. Et si les phénomènes décrits par ces mots étaient appelés à disparaitre sous peu pour être remplacés par un nouveau service *.com* encore plus englobant et à l'allure plus alléchante ? Ils subiraient alors le même sort que la Studebaker et la Bricklin. Les mots d'aujourd'hui, il faut qu'ils *fitent* et qu'ils *feelent* bien dans la tête, dans le corps et sur la langue. Il faut qu'ils soient courts et spontanés comme un vêtement d'adolescent. Parce que demain, ces mots-là ne seront peut-être déjà plus des mots d'astheure.

Quand je me promène sur *facebook* et *youtube*, il n'y a ni soleil, ni marées, ni neige, ni vent qui se frottent à ma peau. Je n'y sens pas l'odeur d'un pain cuisant dans le four ou de l'ail fricassant dans du beurre. Je ne peux pas toucher ou serrer les mains des visages que je fréquente. Je ne peux pas encore entendre la voix des visages qui me *skyperont* bientôt, en tête-à-tête à l'écran. Est-ce que je voudrai alors les inviter à partager la scène de mon écran ? Est-ce qu'ils occuperaient trop de place et qu'ils finiraient par me transformer en somnambule ? Peut-être que je veux rester pleinement réveillée *out* here *in the real world*.

Parfois, je me dis que je préfèrerais un *soulbook* à un *facebook*. La distraction serait plus édifiante.

L'ordinateur et le Web ont anéanti l'*Encyclopædia Britannica* de mon père, et mon *laptop* est plus léger qu'un seul de ses volumes sur mes genoux d'enfant. Le Web est une scène aux bras ouverts qui m'invitent à me laisser embrasser. Décharnée et sans sexe. Sans discrimination. Sans bureaucratie et sans sceau d'approbation. Je n'ai qu'à lui fournir images, sons, voix, textes, vidéo, ou un mélange artistique de ceux-ci, pour me placer sur la scène du globe, pour devenir le sujet d'un article d'encyclopédie vivante à l'image de l'âge du Verseau. Je me laisse amadouer par les attraits du Web comme un chien adolescent qui a déjà appris à ne pas sauter sur les visiteurs.

Le Web a donc trouvé sa place sur mes genoux, un livre aux pages illimitées, un film aux heures sans fin qui ressemble davantage à l'éternel. Mon *laptop* chauffe mes genoux. La technologie de demain chauffera moins parce que les *chips* seront plus petites et plus puissantes, mieux synchronisées à la chaleur et aux ondes de mon cerveau et de mon cœur. Plutôt que de tourner machinalement les pages d'un livre, mes doigts dansent sur le clavier, une danse improvisée qui cherche à trouver un pas juste et cadencé, guidée par ma curiosité et ma soif de savoir. Comme une rumeur qui circulerait à la Baie sur le voisin qui a gagné à la loterie, j'ai entendu dire sur le Web que la force énergétique des bombes des iles Bikini pourrait remplacer l'énergie fossile. Il s'agirait d'une énergie plus propre et moins chère qui doit d'abord se buter aux vieilles peurs qui se sont collées au nucléaire dans l'esprit du monde avec la force d'une *crazy glue*.

Le rythme exponentiel des changements qui façonnent ma vie et mes croyances me donne un vertige tripatif plutôt que maladif. C'est un vertige qui demande à être observé et apprivoisé. Les changements se dévoilent petit à petit, mais avec constance, comme les flocons de neige qui finissent par former des rouleaux sur la falaise. De temps à autre, je m'arrête un instant pour me laisser émerveiller par le chemin qu'a parcouru la technologie dans les dernières semaines. La ligne du temps se compresse. Le pouvoir du présent à découvrir s'offre à moi avec la clairvoyance d'un visage rassurant.

Hier, j'ai téléphoné à Jean Arceneaux.

— Je suis dans une impasse, lui ai-je dit. Je ne crois plus au titre *Les somnambules*. Ça ne marche plus.

— Croirais-tu que mes réflexions des derniers jours m'ont amené à la même conclusion ? m'a-t-il répondu.

Je suis toujours rassurée lorsque de telles paroles me donnent le sentiment d'être sur la même longueur d'onde que mes meilleurs amis.

— Il faut rester réveillé plus que jamais, a-t-il simplement ajouté.

— Oui. Tu as pleinement raison. Notre théâtre doit rester ancré dans le quotidien de nos vies. Il faut qu'il respire le même souffle que nous qui vivons dans le vrai monde, *out here in our real world*.

— C'est notre petit monde qui restera toujours le plus authentique.

— Dans le présent actuel, tu as tout à fait raison, Jean.

Forcément, puisque je ne me sens pas encore en mesure de traiter des réalités virtuelles qui nous seront accessibles dans un avenir rapproché.

… trois mois plus tard…

Malvina passe chez moi dans l'après-midi. Depuis quelque temps, elle a mis de côté ses cartes pour se concentrer sur la découverte des méridiens du corps. Elle apprend à lire par ses doigts l'énergie qui circule dans ces canaux. Il s'agit d'une forme d'acuponcture digitale.

Malvina me demande de lui servir de cobaye. Étendue sur mon divan, je ferme les yeux et je m'efforce de me libérer des pensées distractives qui tournent en rond dans ma tête. Malvina ne touche que très légèrement mon corps. J'essaie de ne sentir que la chaleur qui se dégage de ses mains balayant l'espace au-dessus de mon corps immobile, comme les appareils qui scrutent le contenu de ma valise à l'aéroport. Le balayage de Malvina a beaucoup plus de finesse, de chaleur et de douceur. Par moments, quelques fibrillations agitent mon corps à des endroits précis. Je réprime de légers soubresauts de mon corps entier.

— On dirait qu'il y a quelque chose qui essaie de relâcher, dis-je. Ça donne l'effet de *twitchs*.

Malvina a laissé de côté son rire qui émane du fond de ses poumons avec un timbre rauque. Ma remarque est ponctuée par le silence de la guérisseuse plongée dans un état de concentration encore plus intense. Elle me dira plus tard que, lorsqu'elle manipule les énergies, très souvent des images se joignent au flot énergétique, qu'elle perçoit sur l'envers de ses paupières sous forme de couleurs pâles.

— T'as travaillé fort toute ta vie, dit-elle. C'est le temps de te laisser aller. Relaxe. Tu peux te le permettre. Tu te le dois. Y a rien qui t'empêche de commencer aujourd'hui la partie la plus intéressante de ta vie.

Je regarde Malvina dans les yeux. Les paroles d'une

interview avec Eisenberg me reviennent en tête comme le bruissement d'un essuie-glace noyé dans une pluie de printemps : « *Things get stranger but more interesting as you get older.* »

— J'ai vu l'image d'un accouchement, déclare Malvina avec une mine espiègle lorsque je me rassois.

— C'est pas moi qui vais accoucher, ça, c'est sûr !

— Y a plusieurs sortes d'accouchements…

Chaque fois que Lucie est de passage à la Baie, elle me rend visite. Ce soir, après ma rencontre avec Malvina, je la reçois pour souper. Comme toujours, notre conversation passe de son travail à nos enfants, aux souvenirs de notre jeunesse et, à cette occasion, aux effets des traitements énergétiques en vogue. Mine de rien, notre conversation vide une bouteille de pinot blanc du Domaine Lavigne.

— Le vin a moins d'effet sur moi que par le passé, dis-je à Lucie alors qu'elle s'apprête à partir.

— C'est peut-être lié à la sagesse de notre âge, ajoute-t-elle en riant. Ou bien à la quantité bue… peut-être ?

Je m'installe alors moelleusement sur le divan, mon *laptop* sur les genoux, pour vérifier mes courriels. Soudain, comme le premier souffle d'un ouragan qui soulève un amas de feuilles mortes, mon cœur se met à battre avec l'irrégularité du frétillement d'une plaise tirée hors de l'eau pour être jetée sur le quai. J'ai déjà senti que mon cœur faisait des soubresauts, mais ceux-ci passaient discrètement, presque inaperçus dans les abimes de l'oubli. Cette fois, malgré mes profondes respirations, malgré les appels au calme de ma tête à mon cœur, je ne réussis pas à rétablir son rythme régulier.

Mon cœur réclame la scène. Il me demande d'être reconnu pour son travail fidèle et inlassable depuis ma naissance, dans les coulisses de ma vie. Déséquilibre. Peur. Angoisse.

Est-ce la fin ? Déjà ?

Les ambulanciers m'habillent de sondes collées à ma peau pour surveiller l'arythmie sur un graphique qui refuse de se plier à un parcours normal. Les courbes restent sans patron, comme les paroles d'une chanson rap. Ils insèrent une aiguille dans une veine de mon bras, au cas où ils auraient besoin de m'injecter un médicament avant mon arrivée à l'hôpital. Les ambulanciers se parlent sur un ton inexpressif avec des chiffres et des mots que je ne comprends pas, des paroles qui n'offrent aucune réponse, mêlées à l'obscurité de la nuit qui vient de commencer.

La sirène de mon ambulance demeure silencieuse. J'apprécie ce détail. Je suis inondée par une vision de ma mère alors que je la conduisais à l'hôpital au début d'un mois d'avril. Je revois ses yeux ouverts très grands pour capter une dernière fois le paysage des conifères rabougris mais rajeunis par la présence de feuillus qui venaient de laisser éclater leur fraiche verdure. Je me rappelle les jonquilles importées de la Hollande qui avaient refusé d'éclore dans sa chambre ce printemps-là. Je revois, défilant au ralenti, comme des séquences cinématographiques, des images de Lucina dans son dernier lit : sa main qui enlève sa montre pour me la donner, la remarque qu'elle a l'impression qu'on l'oblige à mourir pour une quatrième fois. Je revois ses mains traçant dans l'air, au-dessus de son visage, de vagues mouvements comme si elle essayait de saisir une main tendue qui voulait l'emmener ailleurs, le dernier regard lucide et transparent qu'elle a plongé dans mes yeux pour sceller l'au revoir tout en me livrant, comme un cadeau, le sens profond de l'ultime voyage de transition. Une naissance à l'envers.

Tandis que je reste étendue sur ma civière, on se hâte de me brancher à de nouveaux moniteurs dès mon arrivée à l'hôpital. J'ai une envie insoutenable d'uriner, mais l'équipe médicale insiste que je ne dois pas me lever. J'essaie d'avaler l'idée que mon cœur m'abandonne, mais l'intruse s'accroche à ma gorge avec la même force que l'angoisse qui a envahi ma poitrine. Je suis prisonnière des sondes et de leurs tubes, des moniteurs avec leurs bips inapaisables, des prises de sang, des radiographies et du bassin froid enfin glissé sous mes fesses pour que je puisse me soulager. Un médecin, grand et barbu, qui se tient debout à mes côtés, me dit qu'il pourrait m'envoyer un choc au cœur qui lui redonnerait fort probablement son rythme normal mais qui, sur le coup, provoquerait une sensation bizarre et fort désagréable pendant quelques secondes. Après quelques consultations entre médecins, un jeune spécialiste de médecine interne suggère plutôt une drogue injectée dans le soluté branché à ma veine.

Plus tard dans la nuit, le jeune médecin vient s'assoir à mon chevet. Je vois son visage, humble et paisible, entre les barreaux du côté de mon lit. Il s'est assis pour être au même niveau que mon visage. Cela me rassure. Il prend des notes. Est-ce le vin, une interaction entre le vin et le ginseng du Cold-Fx que je consomme, le stress accumulé, une malformation au cœur ? Petit à petit, sous l'effet du médicament, mon cœur reprend un rythme normal. Il retourne se cacher dans les coulisses en se collant à ma respiration. J'accueille l'apaisement qui transforme mon angoisse en questions auxquelles je chercherai réponse plus tard sur le Web. Ma tête reprend sa place.

Aux petites heures du matin, alors que je suis engourdie dans un état d'attente à la porte du sommeil, ce sont des images de mon père qui viennent me rappeler le grand voyage. Lui aussi a vécu ses derniers jours sous ce toit. Le souvenir d'une chanson qu'il m'avait offerte alors me revient à l'esprit. Une chanson de guerre. Une marche, avec des paroles qui sortaient de sa bouche sans effort comme les litanies des vêpres d'autrefois. Je revois son visage heureux comme celui d'un enfant le matin de Noël. Jamais je n'avais entendu mon père chanter.

> « *For virtually all of us,* » *[Oliver] Sacks writes,* « *music has great power. It is manifest and central in every culture, and lies so deep in human nature that one must think of it as inate. [...] Music, and often little else, offers balm across a vast range of neurological conditions, from autism to Alzheimer's. [...] After seeing deeply demented patients weep to music they have never before heard, Sacks is moved to know they still have a self lost within, one that music alone can find.*[15]

D'où venait la chanson de guerre de mon père éveillé par la séduction des drogues qui circulaient dans le soluté branché à ses veines, une chanson chantée avec joie, verve et assurance ? Avait-il suivi des cours de solfège au collège ? Savait-il réellement chanter pendant toute sa vie ? Pourquoi me fut-il donné d'entendre le dernier chant d'Alcide perdu dans un corps vieilli, agonisant et amaigri ? Si j'avais suivi mes leçons de solfège, est-ce que j'aurais chanté avec lui ? Est-ce que je me rappellerais aujourd'hui les paroles de sa chanson ? Est-ce que je comprendrais mieux sa guerre ?

15 Brian BETHUNE, « Music Is in Humans' Neural Wiring », *Maclean's*, 29 octobre 2007.

Une tristesse s'agglutine à la fatigue de mon corps. J'aurais le gout de pleurer. Mais je ne suis pas vraiment seule pour pleurer sans retenue dans mon lit d'hôpital, pour libérer une fois pour toutes mes *twitchs* et celles de mon père. J'ai la croyance que ce n'est pas le lieu. Ce n'est pas le temps non plus. La pudeur me dit que je ne voudrais pas avoir besoin de m'expliquer aux infirmières, que j'entends bavarder comme une rumeur au fond du couloir.

Je ne sais plus trop si j'ai dormi pendant ma nuit à l'hôpital ou si j'ai rêvé que je passais une nuit aussi blanche que les draps empesés de mon lit. En revenant chez moi dans la voiture de Lucie, je me suis empressée de couper le bracelet de plastique qui flottait sur mon poignet. Dans les jours qui ont suivis, j'ai nettoyé les restants de mon épuisement avec quelques heures de sommeil profond en plein jour.

Mon cœur a repris un rythme presque normal. Lorsqu'il fait quelques légers soubresauts, je les accueille avec bienveillance, comme un rappel de la fragilité de la vie.

Deux fois par jour, je sens la marée monter et descendre à côté de ma maison. Pendant l'hiver, j'observe les goélands qui se laissent flotter sur les glaces glissant avec le flot des marées. Je sens la fatigue s'installer en moi chaque soir au même rythme que les flammes de mon poêle qui diminuent leur ardeur pour consommer moins de bois lorsque s'apaise le vent du soir. J'essaie de ne pas trop rêver au printemps et de laisser l'été me surprendre. Lorsque mes amis de Laville frappent à ma porte, je les accueille à bras ouverts, *out here in my real world*.

J'essaie parfois de me rappeler la fraicheur de l'eau versée sur ma tête au moment de mon baptême, mais le souvenir n'a jamais pris forme. Alors, je l'imagine. Je mêle quelques grains de sel à l'eau et je la réchauffe juste assez pour qu'elle soit tiède sur mon crâne de bébé. Pour ne pas pleurer à cause du froid.

Sur mon baptistaire, je m'appelle Sophie. C'est le nom qui m'est resté. Si j'avais eu à choisir mon deuxième prénom, j'aurais choisi Malvina.

À force de chercher, j'ai découvert, entre les gratte-tchus et les gratte-ciels, les Malvina du monde entier…

LA CONNIVENCE

Ariane… Puisque nous avons travaillé de connivence à ce projet d'écriture et que je n'ai vraiment pas eu l'occasion de discuter de vive voix avec toi de plusieurs des idées qui m'ont trotté dans la tête, j'ai pris l'habitude de noter celles qui me semblaient particulièrement intéressantes, mais qui ne *fitaient* pas dans le roman. (En passant… un Belge érudit m'a dit un jour que, selon lui, le verbe *fiter* devrait être incorporé à la langue française parce qu'il ne trouvait pas d'équivalent français qui *fitait* si bien à de si nombreux contextes. On pourrait dire qu'il s'agit d'un mot *fite*-partout.)

Je vois *La connivence* dans une optique semblable à celle des séquences de film coupées au montage, mais que les producteurs et les réalisateurs choisissent de présenter en à-côté sur les DVD commerciaux pour donner un meilleur aperçu de leur création cinématographique. Dans mon cas, je l'applique à la création littéraire de mon roman *Laville*. J'offre tout bonnement mes réflexions à mon personnage Ariane. Celles-ci pourraient l'aider à terminer son travail de recherche.

La connivence n'est donc rien de plus qu'un bric-à-brac de notes et sa lecture n'est aucunement nécessaire à la compréhension de *Laville*. Les idées sont comme des pelures de pomme léguées au compostage.

En écrivant, j'ai trouvé dommage qu'il existe un décalage temporel entre l'écriture, la publication et la réaction des lecteurs. La phase écriture, qui est très intense, regorge d'idées fort intéressantes à explorer, mais qui, forcément, se perdent dans la marée du décalage. Lorsqu'on me demandera de parler de *Laville*, je serai sans doute déjà plongée dans l'écriture de quelque chose de nouveau.

Un roman développe sa propre personnalité, et c'est celle-ci qui dicte les détails que l'on peut y inclure. Plus on avance dans le roman, plus sa personnalité se précise et plus l'écriture nous dicte ce qui *fite* et ce qui ne *fite* pas.

J'ai découvert que le « je » était parfois plus complexe que je ne le pensais de prime abord. Les « autres » sont des miroirs. Sans que l'on sache nécessairement pourquoi, il suffit souvent de devenir conscient du miroir et de son pouvoir, de l'observer attentivement pour nourrir le « je » et parfois aussi pour le juger.

L'exercice d'écriture m'a replongée dans un monde d'idées. Mon milieu de la Baie n'a guère de forums où discuter d'idées qui m'intéressent *out here in my real world*. Alors, je me suis placée dans un mode d'écoute et de consultation intense des médias, du Web et de tous les éléments de mon quotidien : visuels, sonores, corporels, naturels… Bref, parmi ces stimulus aux multiples facettes et toutes les expériences de la vie, j'ai trouvé une abondante matière que j'ai voulu transformer en écriture vécue et charnelle. L'écriture du texte devient un dialogue avec soi-même, un forum avec soi-même. Toujours dans une solitude qui pourrait paraitre narcissique, mais néanmoins nécessaire.

Némirovsky cite trois éléments essentiels à la construction de son roman *Suite française* : le quotidien, l'art et dieu. J'étais bien avancée dans ma rédaction lorsque j'ai lu sa réflexion et elle a résonné en moi comme un léger coup de fourchette sur un verre de cristal.

Stanislaw Witkiewicz affirme : « En sortant du théâtre, on doit avoir l'impression de s'éveiller de quelque sommeil bizarre dans lequel les choses les plus extraordinaires avaient le charme étrange, impénétrable, caractéristique du rêve et qui ne peut se comparer à rien d'autre. »[16] Je pense qu'un bon roman devrait avoir un effet semblable.

Les conflits de la vie sont incontournables. La souffrance aussi. Pour moi, ils sont passagers et nécessaires pour arriver à une plus grande quiétude, au « bon heur », si j'ose dire, tout en étant consciente de la complexité du concept de bonheur. Il y a les conflits à l'intérieur de soi (entre moi et moi), les conflits avec les autres (entre moi et l'autre) et les conflits entre groupes, peuples et pays, qui semblent nous échapper mais auxquels nous essayons parfois de nous attaquer au moyen d'actions ou en empruntant un langage abstrait et conceptuel aux paroles décharnées et souvent sans émotion.

J'ai choisi d'éviter de creuser des conflits pénibles dans mon roman parce que, quand je réfléchis à ma vie, je constate que les conflits du passé occupent peu de place. Je les ai oubliés sinon dans leurs grandes lignes, surement dans leurs détails. Si l'on s'y attache, on vivra constamment de « mal heur ». Les conflits irrésolus sont comme un cancer qui se nourrit lui-même, se gonflant en importance et refusant de partir. Les seuls conflits auxquels je choisis de donner de l'importance en ce moment de ma vie sont les conflits entre

16 *http://elger.livejournal.com/155841.html*

moi et moi. Ce sont d'ailleurs les seuls sur lesquels j'ai un certain contrôle. Ils sont peut-être les seuls qui existent, au fond.

Ariane… voici quelques réflexions qui touchent à la langue et qui pourraient servir de tremplin au travail de recherche que tu as ambitieusement intitulé : « Éléments socioculturels de l'évolution de la langue dans un milieu rural ». Je les ai tenues à l'écart de mon roman parce que certaines de ces idées évoquent encore en moi une énergie lourde et désagréable qui ne peut mener qu'à un cul-de-sac. Mais, pour les besoins de ta recherche, elles pourraient avoir un quelconque intérêt.

Au cours de ma vie, j'ai régulièrement et fréquemment été témoin du ravage d'un jugement critique et catégorique sur la capacité linguistique des gens de mon milieu rural. Pourrait-on établir une comparaison entre la langue parlée et le langage de l'art visuel, par exemple, qui échappe aux contraintes d'une structure rigide imposée à l'artiste, dans le sens que c'est à l'artiste de créer son propre langage, son style ? La capacité linguistique d'une personne est aussi intime que sa personnalité, que son art et que ses valeurs. Y porter atteinte peut avoir l'effet d'une profonde blessure qui laissera des cicatrices pour toujours.

La langue française (plus que la langue anglaise) est catégorisée selon un système qui ressemble à la façon judéo-chrétienne de voir les choses, basée sur une notion de bon et de mal : vulgaire, familier, régional, soutenu, standard, etc. Par exemple, j'ai entendu, dans le cadre d'une capsule linguistique de la SRC, que « le verbe "caler" dans le sens de “caler une bière” est *acceptable* dans la langue familière ». Alors, je suppose qu’il ne serait pas *acceptable* de caler une bière lors d’une réception officielle, en présence d’un lieutenant-gouverneur, par exemple.

Ariane, peut-être que tu pourrais trouver un moyen dans ton travail d’évoquer le fait que souvent, lorsque les tenants (d’aucuns pourraient lire ici « tannants ») du français standard reprochent aux auteurs des erreurs de syntaxe, c’est-à-dire des erreurs d’agencement de mots ou de structures de phrases, ils leur coupent littéralement la parole. De tels reproches semblent ignorer le fait incontournable que chaque auteur se trouve dans une espèce de bulle personnelle où il ne peut faire autrement que « du mieux qu’il peut » par rapport à sa « maitrise » de la langue écrite. L’auteur se place constamment à la frontière de sa pensée et du mot (sa parole). La structure de sa parole est donc liée très intimement à sa manière de dire sa réalité.

Peut-être que nous utilisons une structure anglaise avec des mots français. Ou peut-être qu’en fin de compte nous parlons simplement l’anglais avec des mots français.

Si la « structure » imposée par les tenants du français standard n’est pas là et si l’auteur sent qu’il doit absolument la posséder pour s’exprimer, alors il tombe immanquablement dans le gouffre d’un mutisme involontaire. Et ce qui blesse dans le milieu dont tu traites, Ariane, c’est non seulement le stigmate de l’auteur lui-même, mais la même douleur profonde qu’il ressent intuitivement si souvent chez d’autres personnes qu’il côtoie, qui bafouillent en rougissant dans leurs efforts de trouver une structure juste qu’elles n’ont jamais possédée. J’ai déjà souhaité que ce stigmate ait des pieds et qu’il marche sur une mine antipersonnel.

Il m’arrive néanmoins de penser que les jeunes

générations ont perdu le stigmate. Et cela a un côté très libérateur. Il restera à des chercheurs comme toi à préciser ce que ces générations auront perdu. Mais peut-être qu'en fin de compte une telle précision n'aura aucune importance *out here in the real world*. La situation est semblable à un plat à l'émail fissuré que l'on utilise encore à chaque repas.

Il est tout à fait normal et intuitif de parler avec des structures qui correspondent à notre personnalité, aux multiples influences de notre vie actuelle et passée. Quel est le sens profond d'imposer une rigidité ? Est-ce simplement pour pouvoir communiquer, à quelques rares occasions de notre vie, avec d'autres personnes qui ont une spécificité linguistique différente de la nôtre, avec ceux qui possèderaient une langue qualifiée de plus pure que la nôtre ? Jouons-nous alors un rôle ?

> *When you no longer resist the diminishment of self that comes with suffering, all role-playing, which is normal in the unawakened state, comes to an end. You become humble, simple, real*[17]*.*

J'ai inclus un certain nombre de citations anglaises dans mon roman. Les citations sont des fenêtres sur une culture que j'ai assimilée sans effort et qui enrichit ma vie. J'aurais pu traduire les citations, mais j'ai choisi de les intégrer dans leur forme originale à l'intérieur de mon texte (peut-être avant tout par respect pour mes lecteurs bilingues). En les traduisant, j'aurais perdu une partie de leur richesse, j'aurais diminué quelque peu l'authenticité de la pensée de leurs auteurs et, surtout, j'aurais faussé la réalité de mon quotidien

17 Eckhart Tolle, entrevue accordée à *Sounds True*, sur Internet : *http://www.yoga.com/ydc/enlighten/enlighten_document.asp?ID=459&section=6&cat=0.*

personnel. Cette culture m'appartient. Je m'en nourris tous les jours. Dans ma perspective des choses, ces citations *fitent seamlessly* dans mon texte, dans mon message, dans ma création et dans ma vie, comme la langue anglaise elle-même a réussi à *fiter* dans ma vie, à se mêler au flot de mes mots, à façonner ma réalité et mes valeurs.

Vouloir imposer une pureté linguistique, c'est comme croire qu'il n'y aurait qu'un seul et unique dieu, une seule route pour atteindre le nirvana, une seule manière de vivre sa vie, une seule façon d'aimer. J'aimerais ne pas avoir eu à écrire ces pensées, ne jamais avoir eu à emprunter un ton braillard, ne plus jamais sentir la douleur, la gêne. J'aimerais, dans cette vie, ne pas avoir eu à me poser de telles questions. Il aurait fallu que nous naissions tous avec un surplus de confiance.

Si les jeunes d'astheure ont quelque chose à dire et qu'ils choisissent de l'écrire en anglais parce qu'ils ont les mots pour le dire, s'ils n'ont pas eu à vivre la souffrance d'un silence imposé par peur de « mal dire » les choses, je leur dois un respect inconditionnel. L'anglais n'est plus la langue du conquérant, c'est la langue de la mondialisation. *Why should meaningful sentence structures be the same for everybody?*

Il y aura sans doute toujours quelques personnes plus douées pour les langues que d'autres qui choisiront d'écrire en français parce qu'elles auront acquis les mots dans leur ADN ou par la force des circonstances et des influences de leur vie. Des chercheurs contemporains avancent même l'idée que la structure de l'ADN pourrait subir des modifications sous l'effet des circonstances qui façonnent la vie d'une personne.

Je suis témoin d'une forte tendance à écrire la pensée dans son état brute, sans changer les mots qui forment les pensées, sans prendre le temps de vêtir les pensées d'un vêtement formel. Il s'agit de les cracher tout simplement, dans une nudité semblable à celle de Woodstock et animée d'un rythme Radio Radio. Alors, chaque personne invente sa forme comme elle invente son visage, son *facebook*, pour mieux coller au cru, à la fabrication de son authenticité et pour épargner du temps dans un monde pressé de digérer trop d'information. Pour créer cette forme, on manipule des lettres et des sons. On crée de nouveaux codes.

Se pourrait-il simplement que l'écart se creuse en ce moment entre la langue parlée et la langue écrite, mais qu'en même temps, ironiquement et par la force des choses, l'écart soit appelé à disparaitre ?

Ariane, j'ajoute ici quelques citations qui m'ont accompagnée pendant toute la rédaction de *Laville*. Elles sont comme des portes à mes états d'âme, à la recherche qui a donnée de la chair et de l'âme à mes personnages. Elles m'ont aussi donné la clairvoyance de ne pas abandonner.

> — *I do think that one of the roles that fiction plays in our lives, is to reveal other possibilities.*
> — *We all have secrets ?*
> — *Yes.*
> — *In fiction, you find out that everyone has secrets.*
> — *Well, of course, said Ms. Eisenberg, it's a paradox that fiction is this thing that has to be made up, because fiction is the place that you go to for truth.*[18]

18 Deborah Eisenberg, entrevue accordée à Judith Moore, San Diego Weekly Reader, 16 février 2006.

The main ho'oponopono cleaning tool is the mantra; "I love you, I'm sorry, please forgive me, thank you." By saying this over and over you are clearing the data or memories in your mind.[19]

I don't know what I am. And it's OK not knowing what you are. We often get told: "you must find out who you are, find yourself". I think not finding yourself is a really good thing. And that is one of the joys in writing. When you write or when you make any art, I think, you don't find yourself if you are any good, you lose yourself. You find out someone that you didn't know you were and you are somebody else the next day. Slipperyness is good.[20]

Nous ne sommes qu'une infime poussière dans le firmament des étoiles.[21]

---

19 *http://hooponoponoworks.blogspot.com/2008/01/hooponopono-cleaning-tools_05.html.*

20 Howard Jacobson, entrevue accordée dans le cadre de l'émission Writers & Company à la radio deCBC, 21 janvier 2008.

21 Michel Flaubert, entrevue diffusée sur les ondes de la radio de la SRC, 28 décembre 2007.

TABLE

DANS LA MÊME COLLECTION :

Jean Babineau	*Vortex*
	Gîte
	Bloupe
Lison Beaulieu	*Un thé avec Nathan*
Germaine Comeau	*L'Été aux puits secs*
Hélène Harbec	*Les Voiliers blancs*
Ulysse Landry	*La Danse sauvage*
	Sacrée montagne de fou
Gérald Leblanc	*Moncton Mantra*
Charles Pelletier	*Étoile filante*
Martin Pître	*L'Ennemi que je connais*
Camilien Roy	*La Première pluie*
Mario Thériault	*Terre sur mer*
Serge Patrice Thibodeau	*Lieux cachés*

COLLECTION POÉSIE :

Anthologie	*La Poésie acadienne* (édition de 1999)
Guy Arsenault	*Jackpot de la pleine lune*
Marc Arseneau	*Avec l'idée de l'écho*
	L'Éveil de Lodela
	À l'antenne des oracles
Claude Beausoleil	*Leçon d'insoumission*
	Le rythme des lieux
	Fureur de Mexico
Yves Boisvert	*Poèmes de l'avenir*
Paul Bossé	*Averses*
	Un cendrier plein d'ancêtres
Georges Bourgeois	*Les Îles Fidji dans la baie de Cocagne*
Huguette Bourgeois	*Les Rumeurs de l'amour*
Sarah Marylou Brideau	*Rues étrangères*
	Romanichelle
Christian Brun	*Parade casaque*
	Hucher parmi les bombardes
	Tremplin
Herménégilde Chiasson	*Parcours*
	Miniatures
	Vermeer
	Existences
Fredric Gary Comeau	*Aubes*
	Naufrages
	Trajets
	Ravages
	Intouchable
	Stratagèmes de mon impatience
Louis Comeau	*Moosejaw*
Éric Cormier	*Coda*
	L'Hymne à l'apocalypse
	Le Flirt de l'anarchiste
	À vif tel un circoncis

Daniel Dugas	*La Limite élastique*
	Le Bruit des choses
	L'Hara-Kiri de Santa-Gougouna
Jean-Marc Dugas	*Notes d'un Maritimer à Marie-la-Mer*
Marie-Claire Dugas	*Le Pont de verre*
Mathieu Gallant	*Sans attendre la pluie*
	Transe migration
Judith Hamel	*Onze notes changeantes*
	En chair et en eau
Hélène Harbec	*Le tracteur céleste*
	Va
Brigitte Harrison	*Le cirque solitaire*
	L'écran du monde
Anise Koltz	*Chant de refus II*
Glen Charles Landry	*Croquis urbains d'un Francorien*
Ulysse Landry	*L'Éclosion*
	L'Espoir de te retrouver
Daniel Omer LeBlanc	*Omégaville*
	Les Ailes de soi
Gérald Leblanc	*Poèmes new-yorkais*
	Techgnose
	Le plus clair du temps
	Je n'en connais pas la fin
	Éloge du chiac
	Complaintes du continent
	Les matins habitables
	Comme un otage du quotidien
Georgette LeBlanc	*Alma*
Mario LeBlanc	*Taches de naissance*
Monique LeBlanc	*Joanne d'où Laurence*
Raymond Guy LeBlanc	*La mer en feu* (poèmes 1964 – 1992)
Dyane Léger	*Le Dragon de la dernière heure*
	Comme un boxeur dans une cathédrale
	Les Anges en transit
	Graines de fées
Ronald Léger	*Les poissons s'arêtent*
	tachyAcadie
	Roadkill à 30 kilomètres par seconde
Henry W. Longfellow	*Évangéline*
Cindy Morais	*Zizanie*
Jean Portante	*Ouvert fermé*
Serge Meurant	*Solstices*
Rino Morin Rossignol	*Intifada du cœur*
Stéphanie Morris	*Le Risque des rêves*
André Muise	*La falaise à la fin des marées*
Martin Pître	*À s'en mordre les dents*
Marc Poirier	*Avant que tout' disparaisse*
Bernard Pozier	*Scènes publiques*

Jean-Philippe Raîche	*Ne réveillez pas l'amour avant qu'elle ne le veuille*
	Une lettre au bout du monde
Maurice Raymond	*La Soif des ombres*
Christian Roy	*Personnes singulières*
	Chroniques d'un mélodramaturge
	Infarctus parmi les piétons
	Pile ou face à la vitesse de la lumière
Roméo Savoie	*Une lointaine Irlande*
Mario Thériault	*Vendredi Saint*
	Échographie du Nord
Serge Patrice Thibodeau	*Seul on est*
	Que repose
	Seuils
	Le roseau
	Le passage des glaces
Denis Vanier	*L'hotel brulé*
Collectif	*L'événement Rimbaud*
Collectif	*Les cent lignes de notre américanité*

COLLECTION ACADIE TROPICALE :

Jean Arceneaux	*Suite du loup*
Deborah Clifton	*À cette heure, la louve*
Zachary Richard	*Faire récolte*

COLLECTION ESSAIS ET DOCUMENTS :

Léonard Forest	*La jointure du temps*
Alain Masson	*Lectures acadiennes*
Robert Pichette	*Pichette en pièces détachées*

COLLECTION MÉMOIRE :

Guy Arsenault	*Acadie Rock*
Eddy Boudreau	*L'Arbre vaincu*
Régis Brun	*La Mariecomo*
Ronald Després	*Le scalpel ininterrompu*
Léonard Forest	*Le pommier d'août*
Napoléon Landry	*Poèmes acadiens*
Raymond Guy LeBlanc	*Archives de la présence*
Rino Morin Rossignol	*Le Pique-nique*

Achevé d'imprimer
pour le compte des Éditions Perce-Neige
en novembre 2008.

Imprimé au Canada
sur les presses de l'Imprimerie Gauvin, Gatineau, Québec.

L'intérieur de ce livre a été imprimé sur papier contenant
100 % de fibres postconsommation et certifié FSC.

FSC
Sources Mixtes
Groupe de produits issu de forêts bien gérées et de bois ou fibres recyclés.
www.fsc.org Cert no. SGS-COC-2624
© 1996 Forest Stewardship Council